書下ろし

残り鷺《さぎ》

橋廻り同心・平七郎控⑩

藤原緋沙子

祥伝社文庫

目次

第一話　ご落胤《らくいん》の女

一

「火を付けたのは女だと……お前は見たのか？　女が火を付けるのを……」

平塚秀太《ひらつかしゅうた》は、険《けわ》しい顔で人足の顔を見た。

人足は四十前後の背の低い男で、腹当てに短い単衣《ひとえ》、それに下帯という身なりだが、冷たい風などものともしないという面《つら》つきだ。

濃い眉《まゆ》をぴくぴく動かしながら、どもりどもり言った。

「火を付けるのを見たんじゃねえです。あっしの勘ですよ、旦那。昨日夕方でしたが、橋のむこうから、こっちの岸をじっと見ていた女がいたんでさ。ほら、あの辺りです」

人足は木挽橋《こびきばし》の東袂《たもと》を指さした。

「どんな女だったのか覚えているか。なんでもいい、覚えていることを話してくれ」

立花平七郎《たちばなへいしちろう》が聞いた。

「ありゃ若い娘じゃなかったな」

「すると、中年だったのか、それとももっと年よりだったのか」

「遠目だったので、そこまでは分かりやせん」

「体つきは？……太っていたとか、痩《や》せていたとか」

「………」

人足は首を傾げた。

「着ていた着物の色も覚えていないか？」

「あっしは着物には無頓着《むとんちやく》な人間ですから、へい」

人足は、矢継《やつ》ぎ早《ばや》に繰り出される平七郎の質問に、だんだん自信が無くなってきたようだ。

平七郎と秀太は顔を見合わせてため息をついた。

二人は、今いる木挽橋西袂の河岸《かし》地に建つ人足小屋が、昨夜火を出し、全焼したと聞き、橋に損傷がないか調べに来たのだ。

幸い死人や怪我人もなく、失火だったと聞いていたが、木槌《きづち》を出して点検を始めた途端、一人の人足が飛んで来て、人足小屋の火は、失火ではなく怪しい女に火付けされたのではないかと言ったのである。

平七郎より先に火元を調べにやって来た同心は、火は小屋の中から出ていて、火付けではない、失火の疑いがあると言ったらしいが、人足は同心がよく調べもしないで早々に失火と決めつけたことに不満のようだった。

人足は怪しい女の話もその同心にしたようだ。だが、小屋に寝泊まりしていた人足たちの誰一人として、女に心当たりがなかったことから、人足の話はまともに取り上げてもらえなかった。

そこで人足は、橋の点検にやってきた平七郎たちを摑《つか》まえて訴える気になったらしい。

しかし、火元を調べに来たという同心と同様に、平七郎も秀太も、人足の話には女が怪しいといえるほどのものは感じ取ることができなかった。なにしろ、実見した時の記憶も定かではない。人足自らが言っているように、人足の勘でしかない話なのだ。

「お前、いい加減なことを言うんじゃないぞ。火付けは大罪なんだ。それは分かっているな」

秀太は要領を得ない人足の話にとうとう癇癪《かんしやく》を起こした。

「すいません。あっしの思い違いかもしれません。聞かなかったことにして下さいやし」

人足はとうとう要領を得ない顔のまま頭を下げると、小走りに河岸で働く仲間たちの方に戻っていった。

「まったく……」

秀太は人足を見送ると、橋の中ほどに引き返し、欄干《らんかん》に歩み寄って三十間堀《さんじっけんぼり》を北に眺めた。両岸には多数の人足たちが働いているのが見える。

「平さん、随分《ずいぶん》堀の幅が狭くなりましたね」

並んで横に立った平七郎に言った。

どんよりとした天気だが、二人が立った木挽橋からは、三原《みはら》橋と、その先に架かる紀伊國《きのくに》橋が見える。

「そうだな、三分の一は狭くなるということだ。三十間堀は実質二十間堀になるらしい」

平七郎も、様変わりした三十間堀川の両岸に目を遣《や》った。

三十間堀の埋め立ては、文政《ぶんせい》年間に入ってから行われているのだが、多くの人足を使って川浚《かわさら》いをし、その揚げ土で、木挽町側河岸の全部と三十間堀町側の河岸のうち、一丁目から七丁目までに土を盛り、河岸地を広げようとしているのだ。

堀の西側三十間堀町の河岸は埋め立ては終わっている様子だが、木挽町側はまだ少し月日がかかりそうだった。

人足たちが鍬《くわ》を振り上げたり、もっこを担いだりしている姿は、ここに来るたびにすっかり見慣れた光景になっていたが、こうして橋の上から見渡してみると、驚くほど堀の両側の景観が変わってきているのが分かる。

秀太はため息をついて言った。

「町の姿が変わりますね。もはや、昔の堀は必要ないってことですかね。寂しいじゃないですか、ここはかつて築城用の材木を製材していた場所なんでしょう」

「しかしもはや、住んでいる人間も代わっている。製材を担っていた職人などは誰一人残っていまい。見てみろ、今や右手の木挽町側には、芝居小屋、船宿、小料理屋……娯楽や食事を愉《たの》しむところになってしまっている。左の三十間堀町もしかりだ。本屋に藍玉《あいだま》問屋、薬屋に醬油《しょうゆ》屋と、昔あった木材の商いとは縁のない商店が軒《のき》をつらねているんだからな」

「残っているのは、木挽町という町の名前だけですか」

「そういうことだ。江戸の町が変わっていくのは、何もここに限ったことではないんだ。おい、感傷にふけってないで早く済ませて帰ろう。降ってくるぞ」

平七郎は天を仰《あお》ぐと、懐《ふところ》から木槌を取り出した。

その日の七ツ（午後四時）過ぎ、案の定雨が降り出した。雨脚は強く、あっという間にあちらこちらに水たまりを作り、四半刻ほど水しぶきを上げた。

小雨になってからも、夕闇とも霧《きり》ともつかぬ靄《もや》が町の通りを覆い、数間先を見定めるのも難しい。

しかも雨に地上の熱をさらわれて、寒さはぐんと増したようだ。

人々はあっという間に、町の通りから姿を消した。

大伝馬町《おおてんまちょう》の呉服屋『森田屋《もりた》』も早々に大戸を下ろそうとして、手代《てだい》や小僧たちが軒先に出していた安売りの商品を片付けたり、暖簾《のれん》を外したりと大わらわであった。

「雨も小降りになったようですから、また出直して参ります」

番頭を相手に着物の柄を選んでいたおこうは言った。

雨の降り出す七ツ頃から店に来て、二割引になっているという商品を見せてもらっていたのだが、あれやこれやと見ているうちに決めかねていた。

「なんでしたら、お気にめしたと先ほどおっしゃった、こちらの品を取り置きしておきましょうか」

番頭は言った。易々《やすやす》と客を帰したりしない。おこうが未練を残して帰ろうとしているのを見透かしている。

中年の、あばたが目立つ番頭だが、ものあたりは柔らかいし、けっして押し売りはしない。あまり強引に勧められると嫌気がさすが、ここの番頭はその辺りの駆け引きも実にうまいのだ。主の利左衛門《りざえもん》の片腕だと言われているだけあって、客の心をつかむのは抜群だった。

「いえ、そう遠くでもございませんから、また参ります」

おこうは立ち上がった。

「それじゃあ傘をお持ち下さい。まだ雨は止んではおりません」

番頭が立ち上がった時、奥から利左衛門が出てきて、手代たちに手振りをしながら陣頭指揮を始めたのだ。

「濡《ぬ》らしたら使い物にはならしまへん。気をつけてな」

森田屋はこの江戸では、大店《おおだな》の呉服屋とはまだまだいえない。

利左衛門はもとは近江国《おうみのくに》から出てきて、江戸で三本の指に入る呉服問屋につとめていたが、三十五歳で暇を貰い、田舎の親からの援助もあったりして森田屋を興《おこ》したと聞いている。

だが、店を開いてまだ十年にも満たない新興の呉服屋だ。使用人も十人ほどになったばかりで、主の利左右衛門もじっと座ってはいられないようだった。

「どうぞ、お気をつけて」

手代に送られて、おこうが店の表に立ち、傘を開こうとしたその時、

「ごめん」

武家の家来らしき男が飛び込んで来た。

続いてその後ろから、雨足に追われるように、立派ななりの武家が左右に女中らしき二人の女を従えて入って来た。

三人とも傘は持っているが、肩を濡らしている。女中二人は美しい着物にハネを揚げないように、しごきで裾《すそ》を高く引き上げ、下着を一尺ばかり見せていた。

女中の一人は三十近いが、もう一人は二十歳《はたち》そこそこに見えた。二人とも目鼻立ちの整った女だった。特に年増の女の、細面の白い顔と、きゅっと切れ上がった目尻は、平安時代の絵画に出てくるようなみやびな顔つきである。

それに比べて最初に飛びこんできた武家の家来は、六尺《ろくしゃく》を思わせる大きな男だ。

「すまぬがしばらく雨宿りさせてくれ」

その男が、呆気《あっけ》にとられている使用人たちに言った。

そうしてすぐに、利左右衛門を手招きすると、その耳元になにやら囁《ささや》いた。

「……！」

利左右衛門は驚きの目を見開くと、

「俊徳《としのり》さま……」

思わず大声を出し、立派ななりの武家に丁寧に頭を下げた。

「うむ」

俊徳と呼ばれた武家はものものしく頷いた。

こちらは着ている物もとびきりの上物で、一見してかなりの身分の者かと思われた。年は三十半ば、太り気味で色は白い。

ただ、顎《あご》から首にかけて薄い痣《あざ》があり、目つきも冷たい感じがした。

「殿は、本日はおしのびでな」

大男の家来はわざとらしい声で言った。わざわざ寄ってやったのだ、ありがたく思えと言わんばかりだ。

「それはそれは」

利左右衛門は相好《そうごう》を崩《くず》すと、

「番頭さん、お茶をお出しして」

番頭に言いつけた。

利左右衛門の方は、突然福の神が舞い込んできたかのような表情をしている。卑屈《ひくつ》なほど腰を低くして、一行を奥に案内していった。

「…………」

おこうは、傘を開いて表に出た。

――嫌な感じ……。

水たまりを除《よ》けながら、独りごちた。

ほんのいっときの間に、人の品定めをするのは職業柄だが、飛びこんできた客の態度も主のあの卑屈さもこんなにひと目で嫌悪を抱く人間に出合うのも久しぶりだった。

「あっ」

おこうは、前方からやって来た人物と、あやうくぶつかりそうになった。つまらぬことを考えていた上に、傘を傾けていて人の気配に気付かなかった。

――それにしても……あの色なら平七郎さまにきっとお似合いになる……。

思考は店の中で見付けた男物の反物《たんもの》に移っていた。

森田屋には自分の着物を買いたくて立ち寄ったのだが、そんな時にもおこうの意識は常に平七郎に結びついていた。平七郎に似合いそうな反物を見ると、自分が縫《ぬ》ってあげられたらな、などと考えてしまうのである。

かなわぬ夢だと分かっていても、特にこの数日は、平七郎のことが頭から離れなかった。

実は三日前、おこうは町役で煙草《たばこ》問屋の佐兵衛《さへえ》から、嫁に行かないかと勧められていた。

相手は日本橋《にほんばし》通り四丁目にある絵双紙問屋『永禄《えいろく》堂』の倅《せがれ》で、名を仙太郎《せんたろう》というのだそうだ。

仙太郎は、一度妻を娶《めと》っているが、一年も経たないうちに離縁している。

今度が二度目だというのだが、おこうが読売屋の店を続けたいというのなら、それも認める、金銭的な援助も厭《いと》わないという好条件で佐兵衛に仲人《なこうど》を頼んだらしい。

「正直に申しますとね、仙太郎さんは、おこうさんをご存じでして、ずっと前から好きだったと、まあ、ぬけぬけとおっしゃるのです。ははあ、それで親の勧めた相手ともうまくいかなかったのかと、あたしは思いましたね」

佐兵衛は、一文字《いちもんじ》屋にやってきた時に、そんなことを言って笑った。

「つまりね、おこうさん」

佐兵衛は自信たっぷりな顔で話を継いだ。

「先方は、嫁にきてからもお店のことは、やめようと続けようと好きにして結構だと、そういっているんですよ。永禄堂さんは今やこの江戸では五本の指に入る絵双紙の問屋です。縁に繋がる皆さんも、薬種問屋に紅花問屋と、そうそうたるものです。こんないいお話はなかなかないと存じますが……」

佐兵衛はそう言い置いて、帰って行ったのである。

「おこうお嬢さんが幸せになるのなら、あっしは何も申しません」

側で聞いていた辰吉《たつきち》は、佐兵衛が帰るとそう言った。だが、本心からそう思っているのではないことは明らかだった。

即座に縁談を断らなかったおこうが気に入らなかったのかもしれないが、今度ばかりは、おこうは迷っていた。

これまでいくつかあった縁談を断ってきたのは、ひとつには平七郎への絶ちがたい思慕があったからだ。もうひとつには、父親から譲り受けた一文字屋を、自分の結婚で閉めてしまってよいものかという思いがあった。

平七郎がどこにも嫁がないでくれと言ってくれたら、おこうは平七郎と一緒になれなくても、一生一人で一文字屋をやってもいい、そんなことを考えていた。

なにしろ二人の間には、どうあがいても越えられぬ身分の壁がある。

しかしおこうがここにきて思うのは、とどのつまり、平七郎さまは私を女として好いてはいないのではないか、あくまで気楽につき合える便利な読売屋として、親しくしてくれているのではないか……そんな思いにつき動かされる。

そうだとすれば、私の愛情など煩《わずら》わしいだけだ。いっそ私が誰かの妻になったほうが、平七郎さまはほっとするのかもしれない。

十日も平七郎さまと会う機会がないと、おこうは平七郎との隔たりを一層感じてしまうのである。

「辰吉……」

一文字屋の近くまで戻って来たおこうは、店の前でこちらを見ている辰吉に気付いた。

近づくと辰吉は、とんがった声でおこうに言った。

「何処《どこ》に行ってたんですか……見本を見てもらわなくちゃあ摺《す》れませんぜ」

二

「平七郎殿……」

出かけようとしたところへ、母の里絵《さとえ》がやって来た。

「篠田《しのだ》の松乃《まつの》さんにご挨拶だけはして下さいね、いいですね」

里絵はそういうと、そそくさと奥に引返した。

篠田の松乃とは、母の友人で、御家人に嫁《か》したが夫に先立たれて倅と暮らしている寡婦《かふ》である。

ところがその倅の楯之助《たてのすけ》が無役のまま、今は小普請《こぶしん》組の末席にいて、母親の松乃は早くどこかの御役に就いてほしいと願うあまり、鵜《う》の目鷹《たか》の目で知り合いを訪ね歩いているのだと聞いている。

里絵のところにも年に一、二度は訪ねて来るようだが、いつも平七郎の留守の時で、滅多に顔を合わせることはない。

その松乃がどうやら来訪しているようだった。

平七郎は、摑んでいた刀を刀掛けに戻し、母の部屋に向かった。

廊下に、松乃の明るい笑い声が聞こえていた。

「母上、平七郎です」

部屋の外で告げてから、平七郎は戸を開けた。

「まあまあ、お久しぶりでございますこと」

松乃は弾んだ声で言った。

「平七郎どの、朗報ですよ。楯之助さんが御役に就けそうだというので、報せに立ち寄って下さったのですよ」

側から里絵が言った。

「それはおめでとうございます」

平七郎は微笑《ほほえ》んだ。実際嬉しかった。

幼い頃松乃について来た楯之助と遊んだことがあった。

「決まったら一杯やりましょうと、楯之助にお伝え下さい」

「ありがとう、平七郎さん……」

松乃は目頭を押さえた。

小普請組の給金だけで楽に暮らせるようなご時世ではない。松乃は夫を亡くしてから、ずっと内職に励み、家を支えてきたのである。

「平七郎さま、辰吉さんがお会いしたいと言っています」

膝を起こしたところに、又平《またへい》が告げに来た。

急いで自室に向かうと、縁先に辰吉が腰を掛けて待っていた。

「どうした、何かあったのか」

「大変です。殺しです。秀太の旦那が早く来てほしいとおっしゃって」

「秀太……すると殺しは真福寺《しんぷくじ》橋か」

即座に聞いた。

橋袂にある髪結いの店から、欄干の金具が全部盗まれているという連絡を貰《もら》っていて、その点検で、真福寺橋で秀太と落ち合うことになっていたからだ。

「さようで、急いで下さい、秀太の旦那が待ってます」

「分かった」

平七郎は部屋に入って刀を摑むと、木槌を懐に入れて辰吉と家を出た。

八丁堀《はっちょうぼり》から真福寺橋までは、ひとっ走りだ。

二人は肩を並べて足を急がせた。

辰吉は腕を振りながら言った。

「平さん、橋桁《はしげた》に先日の雨で小枝が大量にひっかかっていたようです。真福寺橋の東袂の河岸に近い橋桁です。そこに女二人の死体が流れ着いたようでして」

「女が二人か……」

「へい、あっしがちらっと見た限りでは、着ているものから判断して、一人は武家の女で、もう一人は町場の女でした」

「ほう」

「あっしが分かっているのは、それだけです。なにしろ、秀太の旦那が、すぐに平さんを呼んできてくれっていうものですから」

「そうか、定町廻りが来ているかもしれんな」

平七郎は呟《つぶや》いた。

秀太が辰吉を急がせたのは、定町廻りがやってくると、なんだかんだと縄張りめいた難しいことを言う。それに秀太一人で立ち向かうのは手にあまる。かといって彼らの言うがままに小さくなっているのは橋廻りの沽券《こけん》にかかわる。そういう意味があったのだと思った。

果たして、二人が真福寺橋に到着すると、橋の上に大勢の野次馬がいるのは目に入ったが、定町廻りの姿は無かった。

丁度女二人の遺体が、水際から河岸地に揚げられて、戸板の上に載せられたところだった。

「平さん……」

小者たちに指図していた秀太が振り返った。

平七郎は戸板に駆け寄ると、じっと板に載せられている女を見た。

辰吉が言った武家の女というのは、どうやら女中のようだった。細身の女で色が白かった。かっと見開いている目は、天を仰いでいたが、切れ長の目といい、顔立ちは上品《じょうぼん》の女だった。年は三十前後かと思われる。

「絞殺だな」

平七郎は首にくっきりとある指の跡を見て言った。

「この近くの武家屋敷に奉公している者かもしれません」

「それとも、芝居見物に来て、殺されたか……物取りではないようだな」

女の胸元から財布を取り出して中を覗きながら言った。他に紙入れを持っていたが、身元の分かるような物は、なにひとつなかった。

「おや……」

平七郎は財布の中から、お守り袋を取り出していた。

「神宮お守り……伊勢《いせ》のお守りか……」

掌《てのひら》に握りしめたまま、ちらと物言わぬ女の顔を見る。

続いて、町場の女に目を移した。まだ二十歳そこそこの娘で、青白い顔をしている。

「失血死です。こっちは刃物で背中をひと突きです」

秀太が遺体を動かして、女の背中を見せた。

もう一度仰向けに寝かせると、懐《ふところ》や袂を探る。

財布や紙入れと一緒に、袂から手巾《しゅきん》が出て来た。

何か文字を染めている。

広げてみると、船宿『萩《はぎ》の家《や》』とある。そして隅っこに、赤い糸の刺繍《ししゅう》で、あきとあった。

「平さん、木挽町三丁目にある船宿も、萩の家ですよ」

秀太が声を上げた。

平七郎は袂に手巾を押し込んだ。そして、

「ふむ」

「よし、いったん番屋に運ぼう」

平七郎が立ち上がった時、

「おいおい、お前さんたち、橋廻りじゃなかったのか……いつから定町廻りになったんだ？」

十手で肩を叩きながら、定町廻りの亀井市之進《かめいいちのしん》が現れた。

「いいんだぜ、俺たちを助《す》けてくれようってんなら、一緒に探索したってな……大の男が木槌で橋ばかり叩いてるんじゃあ飽きるだろう」

工藤豊次郎《くどうとよじろう》も現れた。

「何言ってるんですか。これだって橋廻りの立派なお役目です。のんびりとあとから現れて偉そうなことを言わないで下さい」

秀太が食ってかかった。

「生意気な、平塚秀太、先輩にそんな口をきいてもいいのか」

工藤が十手を差し出して秀太を威圧する。

「ふん」

秀太は木槌でそれを払いのけた。

「何をする！」

「人のことより、自分たちの足下を心配したほうがいいんじゃないですかね」

秀太は負けずに言い放った。

「秀太、よせ！」

平七郎が中に入った。

「平塚、その言葉覚えておくぞ」

工藤は苦々しげに言った。その目は怒りで燃えていた。

「いい加減にしろ、奴らには言いたいように言わせておけばいい」

平七郎は言い、秀太を睨《にら》んだ。

「だって、なんですか、あの人たちは……私が聞いたところによると、首の皮一枚で繋がっているというではないですか。近いうちに定町を外されるに決まってますから」

と言った後、急ににやりとして体を平七郎に寄せてくると、

「そうなったら、平さんと私が定町廻り、あの二人が橋廻りですかね」

「秀太」

平七郎は立ち止まって秀太の顔を見た。

「俺はずっと橋廻りでもいい、そう思っているんだ」

「またまた……平さんは、定町廻りの頃、黒鷹と呼ばれていたんでしょ。もったいないですよ、橋廻りなんて……実際ですよ、奴らに代わって、どれほど事件を解決してきたことか。あの二人の手柄にしてやったこともあるし、一色《いっしき》さまの手柄にしたこともある。平さんが陰の人に甘んじるのはやりきれません。おかしいですよ」

「いや、秀太。けっして陰の人というわけではないぞ。かえって、定町廻りなどとは

違った町の人たちとの繫がりがある。俺は結構気に入っているんだ」

「私は嫌ですね。いえ、今はいいですよ。平さんとこうして、けっこう楽しくやらせてもらっていますからね。でも、ずーっとは嫌です。第一実家に顔向けできないですよ。親父さんは私が定町廻りになるのを楽しみにしているんですから……」

と言っているうちに、二人は船宿の萩の家の前に立っていた。

「ごめん」

二人は中に入った。

いそいそと出て来た仲居に、殺された娘が懐中していた手巾を見せた。

「この手巾だが、こちらの店で作ったものだな」

仲居は手に受けて見た。

「そうです。お客さんに配りました。私たちも頂きましたが……」

「そうか、それにおあきとあるが、心当たりは……」

「おあき？」

「そうだ。これを懐中していた女が殺されたのだ」

「えっ……」

仲居は手巾に刺繡された名前を確かめると、

「まさか……女将《おかみ》さん、大変です！」

仲居は奥に向かって叫んだ。

すぐに裾を引いた女将が出て来た。

「おあきちゃんが殺されたんですって」

仲居は手巾を女将の手に渡した。女将は手巾の名前を確かめると、

「確かにうちに通いで来ているおあきのものです。でも何故《なぜ》……誰に殺されたんですか」

女将は矢継ぎ早に聞いてきた。

「それはこれからの調べだ。まずは遺体を確認してほしいのだ。確かにおあきという人なのかどうか」

「分かりました、すぐに参ります」

女将は白い足を見せて奥に駆け込んで行った。

「そうだわ、およしを呼んでおくれ」

女将の緊迫した声が店の中に響いた。

およしは、おあきと仲よしの女中だったと、控えている仲居が教えてくれた。

南八丁堀の番屋に、女将とおよしを連れて行ったのは、まもなくのことだった。

定町廻りの亀井と工藤は、もう番屋にはいなかった。

「遺体は夕刻まではここに置きますが、夜になったら回向院《えこういん》に運べとお指図は受けております」

小者は告げた。

「なんだと、そんなに早々に回向院へ送って、まだ身元調べも終わってないんだぞ」

秀太は、亀井たちの杜撰《ずさん》さに怒った。

回向院送りは、どうしても身元が割れない場合の最後の処置のはずではないか。

すると、町役人が上がり框《がまち》まで出て来て言った。

「なんでも、もうひとつ大きな事件を探索しているとかおっしゃっていました。どうしてもそれを先に片付けなくては大変なことになるんだと……ですからこちらの件は、立花さまと平塚さまがまもなく来るだろうから、お二人に頼みたい、よろしくということでした」

「無責任な……何がよろしくだ。すると、二人はもうこちらには来ないんだな」

「手が空き次第来る。それまで頼むということでした」

「なんともまあ……」

秀太が舌打ちした。

だが平七郎は、正直ほっとしていた。

面と向かって委《まか》せたいとはいえず、この事件はこちらに頼むと頭を下げたも同然だ。それならそれでやりやすい。

もともと橋の下で上がった死体だ。たとえ自分たちが探索から手を引いたとしても無関心ではいられない。

まどろっこしい亀井たちの探索をいらいらして見ているより、自分で調べた方がずっと気持ちが楽だ。

「こちらだ、見てくれ」

平七郎は連れてきた女将とおよしという仲居を番屋の中に入れて遺体を見せた。

「おあきちゃん……」

およしは遺体を見るなり泣き出した。

「間違いありません。おあきです」

女将も震《ふる》える声で言った。

おあきは、弓町《ゆみちよう》の長屋で母親と二人暮らしで、萩の家での勤めは、昼時から暮れ六ツ（午後六時）までと決まっていた。

夜の忙しい時に勤められないのは、足の悪い母親の面倒をみているからだったが、

「昨日はお店が忙しくて、夜の四ツ（午後十時）までお店にいてくれるように私が頼みましてね。それで、帰りがいつもより遅くなったのです。悪いと思ったものですから、帰り際に、おあきとおっかさんの夜食を持たせたんです。帰ってからご飯も作れないだろうと思いましたから」

「すると、店を出たのは、夜の四ツだな」

平七郎が聞いた。

「そうですね、時の鐘を聞き終わってまもなくでした。そうだ、およしちゃん、あんたもあのあと、すぐに帰ったでしょ。おあきちゃんに会わなかったの」

怯《おび》えたような顔で泣き続けているおよしに聞いた。

およしは首を横に振って否定した。

「そう……じゃあ、おあきちゃんは、どこかに寄り道していたのかしらね。いえね、このおよしは、おあきとは家も近いんです。だからいつも紀伊國橋を渡って銀座《ぎんざ》の二丁目までは一緒、なんでしょ」

最後の言葉で、ちらとおよしの顔を覗いた。

およしは、俯《うつむ》いたまま、小さく頷いたが、言葉が出てこないほど衝撃を受けている様子である。

「女将、もう一人のこちらの女子《おなご》に覚えはないか」

平七郎は、もう一人の女の顔も女将に見てもらったが、こちらは見たこともない人だと言った。

「およしはどうだ」

およしにも聞いてみたが、およしも首を傾げるのだった。

三

上役の大村虎之助《おおむらとらのすけ》の話は、仕事の話というよりも、大半が三度目の妻との間にできた嫡男貫太郎《かんたろう》のことだった。

親に似ず、見目形が良い、しかも勉学もなんとかいう先生のもとでは首席だったと、これまでの虎之助は親ばかぶりを発揮していたものだが、近頃では一転して、親のいうことに素直に耳を傾けなくなったと嘆くのだ。

塾の方も先日サボっていたという知らせを受けて、妻は虎之助の甘さが原因だと夫を責めるのだという。

いったいぜんたい何を考えているのか分からなくなった。まだ十二歳になったばかりなのだと、平七郎と秀太が持参した橋廻りの報告はそっちのけで訴えるのだった。

「今の妻とは二十も歳が違うのだ。最初の妻は年上でうまずめだった。二度目は五つ下だったが、わがままで気が強く離縁した。そして三度目の今の妻は出戻りだったが年が若く、こっちはいいたいことも全て飲み込んできたというのに、むこうは敵《かたき》のように私を責める。しかし私は妻には言い返せないでいる。厳しいことを言ってしまったら、息子を連れて出て行かれるのではないかと心配でな。どうしたらいいかね」

真面目な顔で平七郎と秀太に訊くのである。

「さあ……よくは分かりませんが、ご子息のことは、それほど案じることはないと思いますが」

「そうそう、誰にでもあることです。私なんかもやりました。なんでもかんでも親に反発したくなる時があるんです」

平七郎も秀太も、かわるがわる適当な返事をする。

「そういうものかね……いや、二人がそうだというのならそうだろうな。しばらく様子をみてみるか」

大村虎之助は、いつもその辺りで倅の話を切り上げるのだった。

「やれやれ、大変だ……」

報告書を渡して出て来た秀太は言った。

「俺はこれから一色さまのところに寄らねばならぬ」

平七郎は秀太に告げると、急いで一色の部屋に向かった。

「ずいぶん時間がかかるもんだな。橋の報告というのは……」

一色弥一郎《やいちろう》は、机の上の書類から顔を上げると、平七郎を手招きした。

珍しく一色は豆を煎《い》ってはいなかった。

火鉢の上で湯気を上げている鉄瓶《てつびん》にちらと目を遣ると、

「わしだって、いつもいつも豆を煎っている訳ではないぞ」

一色は苦笑した。だがすぐに顔を引き締めると、

「亀井と工藤が、ここしばらく追ってきた事件があるのだが、あの二人には探索は難しいのかなと思ってな、少し立花の腕を借りたいのだ」

改まって平七郎に言った。

「なんでしょうか。先日真福寺橋近くで女二人の殺しがございましたが、その件でしたら」

言い終わる前に、一色は手を上げて遮ると、

「いや、そうではない。実はな、ご落胤《らくいん》の話だ」

もう少し近くによれと言った。

「ご落胤ですか……」

意外な顔で聞き返すと、

「そうだ、亀井と工藤が青くなって探索している事件なんだが……」

一色は言った。

この半年の間に、京の一条《いちじょう》家のご落胤と名乗る者が、商家から金を巻き上げている。

大奥の御用達に推薦するなどといい、詐欺《さぎ》を働いているというのであった。

騙《だま》されたと知った、本材木町《ほんざいもくちょう》の呉服屋、本町《ほんちょう》の薬種店などが奉行所に訴え出ているのだが、相手は神出鬼没《しんしゅつきぼつ》、しかも公家のご落胤といわれては、奉行所も腰が引ける。

とはいえ、これ以上見て見ぬふりは出来ない。

それで奉行所も、密かに探索しているのだが、所在さえ摑めていない。

「そういうことでな。定町廻りだの、隠密廻りだなどと言っている場合ではない。広く他の役の者たちにも協力させよということになったのだ。そうだ、大村殿から聞かなかったか……このこと、昨日内与力の方からお達しがあったのだが……」

「いえ、本日はそんな話は……」

「そうか、まあいい。そういうことだからして、橋廻りのそなたたちの方が、こんな情報は得やすいということもある。心してお役目に励んでくれ」

一色は、茶器を引き寄せると、お茶ぐらい飲んでいけ、などと気遣いをみせた。

昨年麦湯の女の一件で、家庭の中や自身の醜態《しゅうたい》を平七郎に見られたと思っているらしく、近頃は一色独特の、ねっちりした嫌みは言わなくなった。

「旨《うま》いぞ、宇治《うじ》の茶だ」

「では、遠慮なく……」

一色が出してくれた茶をすすってから、平七郎は訊いた。

「一色さま、そのご落胤ですが、京の奉行所に聞き合わせてみたのですか。確かにご落胤なのかどうか」

「一度聞き合わせている。十年ほど前にも、御府内に出没していてな……そうだ、おぬしの親父さんが生きていた頃だ」

「私の父が、ですか」

「そうだ。だが、本当のところは、分からん、ということだったらしいな」

「…………」

何せ京のことだ。それにご落胤ともなれば、証拠も挙げにくい。

「すると、しばらく鳴りをひそめていたのが、また出没しているということですか」

「そういうことらしい。一年前には上方を荒らしていたようだが、またこの江戸に舞い戻ったようだ」

一色はしたり顔で茶を飲んだが、すぐに思い出して言った。

「ご落胤はなんと名乗っているのですか」

「時と場所によって名を違えているが、このたびは、俊徳と言っている」

「俊徳……」

平七郎は、その名を頭に刻んだ。

一色の部屋を退出して奉行所の外に出た平七郎は、門前におこうが待ち受けているのに気付いた。

「おこう」

歩み寄るとおこうは言った。

「平七郎さま、女の遺体ですが、もう回向院に送ったんでしょうね」

「どうかしたのか、夕べのうちに送っている筈《はず》だが、埋葬は今日一日待ってくれるように言ってある」

ただ、おあきについては船宿の女将が差配して、母親と野辺《のべ》送りをすると言い、遺体は引き取られて行った。

武家の女中と思われる女の遺体だけが身元不明扱いで、無縁仏として葬《ほうむ》るために、回向院に運んだのである。

「じゃ、まだ、対面できますね」

「何か分かったのか」

平七郎は驚いて訊いた。

「実は去年のことです。尾張町《おわりちょう》一丁目の小間物問屋『巴屋《ともえ》』のお内儀《ないぎ》が伊勢参りに行ったまま帰ってきていないんです。まだ三十前だということですが、辰吉に今度の殺しを聞いたところ、身元不明の女の人は、お伊勢さんのお守りを持っていたそうですね。まさかとは思いますが、ご亭主に見てもらおうかと思いまして」

「よし、そうしてくれ。俺も同道する」

平七郎は言った。

女の遺体は地下の安置所に入れられて、町奉行所からの指図を待っていた。

ただの行き倒れならすぐに埋葬されるのだが、事件とあっては町奉行所の許可なくして寺も勝手なことはできない。

「ああ、おなつ……おなつじゃないか」

一刻後、回向院で遺体と対面した巴屋市兵衛《いちべえ》は、へなへなとそこに崩れた。

遺体と対面して驚いたのは市兵衛だけではなかった。

おこうも驚いた。

あの雨の日に、大伝馬町の呉服屋森田屋に雨に追われて飛び込んで来た一行の一人だったからである。

「平七郎さま、私、この人に見覚えがあります」

おこうが平七郎に、森田屋で見たことの一部始終を話すと、

「何、たしかに俊徳という武士と一緒だったのか」

平七郎は驚いて聞き返した。

ご落胤だと名乗って商人から金を詐取している人物も、俊徳と名乗っていると、今日一色から聞いたばかりだ。

そんな男と何故、巴屋の内儀は連れ立って、森田屋に姿を現わすことになったのだろうか？

平七郎は市兵衛を庫裡《くり》の小部屋に連れて行って座らせた。

「内儀は伊勢参りに行ったっきり帰ってこなかったと、おこうから聞いているが、当時のことを詳しく話してくれぬか」

市兵衛に訊ねるが、市兵衛は呆然《ぼうぜん》としている。

「…………」

「市兵衛！」

平七郎は市兵衛の肩を揺すった。

ようやく市兵衛は我に返ったように、垂れていた頭を上げると、話し始めた。

「去年の春のことでした……」

内儀のおなつは、かねてより入っていた講の仲間と伊勢に参ることになり、八歳になった忠吉《ちゆうきち》を姑《しゆうとめ》のおしげに頼んで出かけて行った。

予定日数は一月半。江戸から伊勢までは百十四里（四四八キロ）、一日十里歩いたとしても、道中雨風に遭い、川を渡れなくなったことなどを考慮すると、往復で一月はみておかなければならないのだ。むこうでの滞在を考えると、一月半は多い日数とはいえない。

中にはお伊勢参りは口実に、大坂や京都を見物して帰って来る者も多く、そんな人たちの旅は三月以上は珍しくないのである。

参加したのは女四人と男が三人、それに荷物持ちが三人の合計十人が旅立った。

費用は旅費として往復二両を目安とした。小遣い、親戚近隣友人たちへのお土産《みやげ》、それに予備費などは個人の持ち出しだった。

市兵衛は二十両をおなつに持たせた。

普段から市兵衛の母、おしげと折り合いが悪く、苦労をしているおなつに、慰《なぐさ》めの気持ちもあって十分に金は持たせた。

むろん、そういった個人的な費用とは別の、むこうでの神楽《かぐら》の奉納三十両、御師《おんし》一家への手土産十両ほどと、神宮への寄付三百両は講の金でまかなうことになっていた。

なにしろ、人の話によると、御師宅での宿泊と接待は、これまで見たこともないほどのご馳走が食べきれないほど毎日出て来るそうだから、それだけでも神宮に参る価値はある。

それに仲間は皆大伝馬町一丁目の住人だ。知らぬ仲ではない。道中で病《やまい》や怪我のないように祈りはしたが、市兵衛は安心して内儀を送り出したのだった。

ところが、おなつだけが帰ってこなかったのだ。

一緒に行った者たちの話では、むこうで足を怪我したという。医者に診《み》せたら半月は動かしたら駄目だ。そう言われて仕方なくおなつだけが伊勢に残ったのだというのであった。

「足が治ったら帰ります」

おなつは仲間にそう言って別れたらしく、実際市兵衛への手紙にも、そう書いてあった。

しかしおなつは、それから一月たっても、二月たっても帰ってこない。

市兵衛は、世話になっていると聞いていた御師の家に手紙と金十両を送った。

治療に支払う金が足りないかもしれない、そう考えてのことだ。

ところが――。

「二月も前に旅立ったと手紙が来たんです。それっきりです。今日か明日かと待っていたのですが、とうとう帰ってきませんでした。ひょっとして旅先で病に倒れて……いやいや悪い雲助《くもすけ》に遭ったのかもしれないなどと、嫌な想像ばかりしておりました。生きていれば、きっと私に連絡がある筈だと……そう思っていました」

市兵衛は暗い顔をして言葉を切った。

「そうか……」

平七郎は腕を組んだ。

ご落胤俊徳と、どんな経緯で一緒に行動することになったのか、本人が亡くなってしまっては知るよしもないが、姑との折り合いが悪いとはいえ我が子が待っているのだ。自分からすすんで俊徳の女中になったのではないだろうと思った。

「よほどの事情があったのですね、きっと……。家に帰りたくても帰れなかったんですね」

おこうが呟いた。

「おなつの遺体は引き取らせて下さいませ。せめて、手厚く葬ってやりたいと存じます」

市兵衛は言い、

「それと、立花さま」

きっと顔を上げると、改まって手をついて言った。

「お願いがございます。どうかおなつを殺した者を捕まえて下さい。捕まえて極刑にして下さい」

四

――あの夕刻は潮が満ちていた。女二人の遺体は真福寺橋の下で発見されたが、あの橋近辺で殺されたのではない。きっとこの紀伊國橋近辺で殺されて、潮が引く時にあの橋まで流れて行ったのだ。そうに違いない。

その頃秀太は、そんな推測をめぐらせて、辰吉と殺しの現場を探していた。

萩の家の女将から、おあきの長屋は弓町と聞いている。

あの夜おあきは、寄り道をしなければ、勤めている船宿を出て、秀太が今立っている紀伊國橋を渡ったはずだ。

秀太と辰吉は、船宿からここまでの通りを丹念に調べてきたのである。

橋を渡れば、三十間堀から銀座弓町と調べることになるのだが、殺しは、今見えている河岸のどこかで行われたに違いない。

河岸に建った新しい店や、積み上げた材木、立てかけた竹の束などがある人気の少ない空き地を二人は足を棒にして廻っていた。

「秀太の旦那！」

先に紀伊國橋を渡って西袂に下りた辰吉が大声で呼んでいる。

「何だ、なにか分かったか」

秀太は急いで、辰吉がいる河岸地に入った。

そこは長い竹が立てかけてある一画だったが、辰吉がしゃがんで何か拾っている。

「旦那、女下駄です。おあきさんの物ではないですかね」

黄色い鼻緒の下駄だった。

秀太は受け取って眺めた。ひっくり返して下駄の裏側を見た。

「おあきのだ」

秀太は言った。

「ほんとですかい」

辰吉も確かめて、二人は辺りを見回した。

下駄の片方は見あたらなかったが、

「血だな、これは……」

竹垣が崩れている辺りに、ひとかたまりになって黒くなった血が確認できた。

「よし、殺しの現場はここだな。おあきはやっぱり、橋を渡ってここまで来たんだ。

そして殺された」

「すると、もう一人の女もここで殺されたんですかね」

「どうかな……」

秀太は橋を振り返った。

二人が居る場所から橋までの距離は、そう遠くない。月の光があれば、橋から見える場所だし、おあきが悲鳴を上げれば橋を渡っていた者は聞こえたかもしれない。それほどの距離だった。

「どうして一人は首を絞められて殺され、もう一人は刃物で刺されたんでしょうね」

「さあ」

「旦那……」

辰吉ががっかりした声を上げた。

「そんなこと分かるもんか。まだ探索は始まったばかりだ」

「そうかな、平さんだったら、いろいろ教えてくれますぜ。こうかもしれねえ、ああいう可能性もあるってな」

「平さんと一緒にするなよ、私はまだ同心になって日が浅いんだ」

「確かに……それにいきなり橋廻りですから、捕り物には慣れてねえ」

「いや、これまでに、平さんと幾つも事件を解決してきたんだ。私がいいたいのは、まだそんな予測や見当を口にするのは早いってことだ。まだまだ私は平さんに教えてもらって一人前の同心になるように努めなきゃならないんだから」

「おっしゃる通りでした」

辰吉は、テンと額を叩いて舌を出した。

「こいつっ！」

と言ってはみるが、辰吉との仲だ。秀太は苦笑したのち言った。

「もう一度およしに会ってみるか」

秀太は呟いた。

「およしというと……」

「萩の家の仲居で、おあきと仲良しだった娘だ。おあきが帰ったあと、すぐに店を出ているんだ。ところが番屋で話を聞いた時、何も知らないと口をつぐむばかり……」

「じゃ、本当に知らないんじゃないですかね」

「馬鹿、その様子がおかしかったんだよ。およしは確かに何かに怯えていた、そんなふうに見えたんだ。というのも、平さんが言っていた」

「なあんだ、じゃ、旦那の考えは何もねえんで」

「あるよ、馬鹿にするんじゃないぞ。私だって考えていることはある。だからここら辺りが怪しいってやって来たんだから」

「潮の満ち引きのことですかい」

「そうだ」

辰吉はくすくす笑い出した。

「なんだよ」

「それぐらい、あっしだって考えてましたよ。あっしも読売屋のはしくれですから
ね」

「行くぞ」

秀太は、むっとして河岸を出た。


平七郎とおこうが、巴屋の内儀の遺体を尾張町の店に送り届け、家族と対面するのを見届けて店を出て来たのは、七ツを過ぎていた。

「もう一度萩の家に行って質《ただ》してみたいことがあるのだ」

平七郎は言った。

おこうも同道して萩の家へ足を向けたが、二人は、たった今見て来た巴屋での光景が頭から離れなかった。

市兵衛の母親おしげは、嫁の変わり果てた姿を凝然《ぎょうぜん》として見詰めていたが、

「だから、いわないことじゃない。お伊勢参りなど忠吉を育て上げてからのことだってあれほど言ったのに……市兵衛が甘い顔をするから、こんなことになるんですよ」

怨《うら》みがましくおなつの顔にひとりごちた。

「おっかさん、その言葉、あんまりじゃないか」

横から市兵衛が母を咎《とが》めた。

「だって、忠吉がかわいそうじゃないか……」

おしげは突然涙ぐんだ。

「おっかさん……」

「お前は誤解しているようだけど、あたしは嫁が憎くて、ああだこうだと言っていたんじゃないんだよ。小間物問屋のおかみさんとして、また忠吉の母親として、しっかりこの家に根付いてもらわなきゃならないんだから……あたしが恨まれたっていい、少し厳しく言って、一日も早く、このお店の台所をおなつに渡したい、そう思っていたんだから……」

「………」

この言葉には市兵衛も泣いた。袖で涙を拭ったのち、

「おなつ、聞いたか」

物言わぬおなつに語りかけたのである。

店の者たちも順々に顔を出して、手を合わせて泣いていた。

やがて、遊びに行っていた忠吉が帰ってきた。

「忠吉、おっかさんだよ。お別れをいいなさい」

市兵衛の言葉に忠吉は、半信半疑の顔でおなつの枕元に近づいた。

「おっかさん……おっかさん、目をあけておくれよ、おっかさん」

忠吉は泣いた。

平七郎は、おなつが懐中していた神宮のお守り袋を、忠吉の前に置いて言った。

「おっかさんが忠吉のために授かっていたお守り袋だ。お前がいい子で、元気で、おばあさんとおとっつぁんのいうことを聞いて、立派な商人になるようにってな」

忠吉は、急いで両手で涙を拭うと、お守り袋を取り上げた。

じっと見詰めたのち、両手でお守り袋を包むように持ったまま、おしげの顔に問い、父親の顔に何が起きたのか問いかけているようだった。

「お役人さまのおっしゃる通りだ。おっかさんがお前に持って帰ってくれたものだ」

市兵衛が、お守りを包んでいる忠吉の手を握った。

「おっかさんに約束できるな」

市兵衛が念を押すと、忠吉はようやく母親が帰らぬ人となったとさとったらしく、こくりと頷《うなず》いたのである。

平七郎もおこうももらい泣きしてしまった。

今日は店を閉めておなつの葬儀の用意をするという巴屋を後にして、平七郎はおこうと出て来たのだが、おなつ殺害の背景には、ご落胤を名乗る俊徳の名が上がっていると思うと、俄《にわか》に気持ちが引き締まった。

もう一度萩の家に立ち寄って、およしに聞いてみたいことがあった。

果たして三原橋を渡ったところへ、辰吉がむこうからやってきた。

「平さん、すぐに萩の家に来てください。およしはどうやら、殺しを見ていたようなんです」

「やはりな」

平七郎は頷いた。

三人は急ぎ足で萩の家へ向かった。

萩の家では女将の部屋で、およしを見守るように女将と秀太が座っていた。

当のおよしは頭を垂れて、息を殺して座っていた。

「およしちゃん、立花さまですよ」

平七郎が部屋に入ると女将が告げたが、およしはぴくりとしただけで顔を上げようとはしなかった。

およしの膝近くには、紀伊國橋の袂の河岸地で拾った黄色い鼻緒の下駄が、紙の上に載せられて置いてある。

およしは、その下駄を避けるように視線を外して座っていた。

「平さん、あの晩、家に帰る時、どこをどういうふうに帰ったのか道順を聞いていたんですが、紀伊國橋のとこで口をつぐんでしまいまして、この通りです」

秀太は言った。

「ふむ」

平七郎はじっとおよしを見詰めた。ここに来るまでに、辰吉から紀伊國橋あたりが殺人の現場に違いないということは聞かされていた。

平七郎は、下駄を取り上げて、ひっくり返して見た。

「おあき……」

名前を読んだ。

およしは、びくっとした。平七郎は見逃さなかった。

下駄を手にしたまま、平七郎はおよしに訊ねた。

「およし、正直に話してくれ。あんたは見たんじゃないのか、おあきが殺されるのを

……」

「怖いんだな……かわいそうに無理もない。おあきを殺した者たちをおそれているんだな」

「………」

「しかしな、あんたがしゃべってくれなくては、おあきの敵はとれんぞ。仲良しだったおあきがかわいそうじゃないか」

およしは、しくしく泣き出した。

「それにな、これはあんたを怖がらせるために言うわけではないが、万が一、悪いやつらがあんたがあそこにいたことに気付いていたら、あんたがしゃべろうがしゃべるまいが関係ない。今度はあんたを狙うかもしれんぞ」

ぎょっとした顔をおよしは上げた。

涙で化粧が落ちて、鼻も赤くなっている。

「約束するぞ。あんたはきっと守る。安心して話してくれ」

およしはとうとう頷いた。

「およしちゃん」

女将が呼んだ。ほっとしたような、これまで黙っていたのを咎めるような声だった。

「すみません、あたし、怖かったんです。実はあの晩、あたしは見たんです」

およしは言った。

店からの帰り、友人のおあきを追いかけて、およしが紀伊國橋にたどりつき、橋の西袂に下りた時だった。

四、五間前方におあきを見た。

——おあきちゃん。

声を掛けて走り寄ろうとしたおよしは、おあきが何かに気付いて、竹を立て掛けてある河岸の空地に入って行くのを見た。

およしは追っかけた。

おあきもおよしも灯りは携帯していなかったが、月は満月で物を見分けるのに不自由はなかった。

ところが、

「きゃっ」

おあきの悲鳴とともに、

「不運な女だ。見られたからにはほうってはおけぬ。殺せ」

恐ろしい声を聞いたのだ。

およしは仰天《ぎょうてん》して思わず物陰に身を寄せた。二人の男の人影が見えた。

視線の先で、おあきが一人の男の足下に、声を立てずに崩れ落ちるのが見えた。

そのむこうには、もう一人女が横たわっていた。微動だにしないところをみると、
その女も殺されているようだった。

女の白い顔が、およしの方を向いていた。女は美しい着物を着ていた。

その女を見下ろしているのは、おあきを殺せと言った男のようだ。

大男の武家だった。

「よし、お前はその女を運んで来い」

武家は足下に転がっている白い顔の女を抱え上げながら、おあきを殺した遊び人風の男に命令した。

およしは、がたがた震えていた。口を閉じようとしても、唇がひきつれて、そこか

ら心臓の音がもれてきそうだった。

その時だった。

遊び人風の若い男が、おあきを抱え上げようとして、ふっとおよしの方を見たのである。

およしは頭を引っ込めた。

「何をしている。早くしろ」

大男の武家の声が言った。

見られてしまったと咄嗟《とっさ》に思ったのは勘違いだったらしく、二人の男は、堀端にのっしのっしと歩いて行くようだ。

おそるおそる顔を上げて、およしは前方を睨んだ。

男二人が、それぞれ女を肩に掛けて堀端に立っていた。

そして、次の瞬間、二人は肩の女を堀の中に投げ込んだのである。

鈍い音が二つした。

——おあきちゃん……。

およしは震えながら座っていた。

いや、動こうとしても足が動かなかった。

ようやくそこから這い出るように立ち上がったのは、半刻も後だった。

「誰にも言えない。私も殺される……あたしはずっとそう思って……」

およしは、話し終わると泣き崩れた。

「およしちゃん」

女将がおよしの背中を撫《な》でてやる。

「平さん、すると、やっぱりおなつは別のところで殺されて紀伊國橋まで運ばれてきたのかもしれませんね」

秀太が言った。

「おそらくな。調べてみないと分からんが、おなつの履き物しか落ちてなかったんだ。十分考えられる」

平七郎はそう言ってから、一味の住処《すみか》が近くにあるのではないかと考え始めていた。

「平七郎さま、およしさんが見たという大男ですが、おそらく森田屋で会った俊徳の家来だと思われます」

おこうが言った。

五

「平七郎さま、炭をお持ちしました」

廊下で又平の声がした。

「すまぬ。入ってお前が足してくれ」

平七郎は、書類に目を落としたまま又平に声を掛けた。

「では……」

又平は静かに戸を開けて入ると、平七郎の側に置いてある火鉢の前に座った。

ちらと平七郎の読んでいる書類を見た。

「親父どのの探索日誌だ」

平七郎は言い、頁をめくった。

「なつかしゅうございます。旦那さまもそうしていつも机に向かわれて書き付けておりました。平七郎さまのお姿があまりにもお父上さまにそっくりなので驚きました」

又平は、小さな背を丸めて、炭を入れている。

平七郎は、紙面から顔を上げた。

「久しぶりに親父どのが残してくれたものを読んでいるのだが、俺は親父どのに恥ずかしい。実に入念に書いてあるのだ」

平七郎は苦笑した。

「何をおっしゃいますか。平七郎さまはご立派です。旦那さまが生きていらっしゃったら、どんなにお喜びになられるか」

「そうかな」

「そうですとも、あとはお似合いのお内儀さまをおもらいになって、お母上さまにお孫さんを抱かせてあげることです」

「又平」

「あいすみません。又平も爺《じじい》になりました。つまらぬ繰り言を申しました」

又平は頭を下げると、急いで出て行った。

「又平のやつ……」

母にけしかけろと言われているに違いない。

火鉢を手元に引き寄せると、また父親の書き残した探索日誌に目を落とした。

父親が亡くなってしばらくは、母も自分も、父親の遺品を見るのが辛かった。だから日誌を見ることはなかった。

やがて定町廻りとなって、大鷹と言われた父が残した実績に負けぬようにと探索に精を出すようになってからも、父親の日誌に滅多に目を通すことはなかった。

心のどこかに、父親にはけっして負けぬという対抗心があったように、今になって思うのだ。

そして一色の失態をかぶり、定町廻りから橋廻りに変わってからは、仕事は橋の傷みや老朽の見回りとなり、ますます昔の探索日誌など無用となって今日に至っているのである。

だが――。

今日父親の日誌を開き読み始めて分かったことは、父親は探索のことだけを書き記していたのではなかった。

町で拾った小さな話や、どこの隠居がぼけたとか、あそこに孝行息子がいるだとか、探索に関係ないと思われることも、日誌の隅に綴《つづ》ってある。

雑感といってもいい書き込みだが、この雑感が後に事件を調べる時に役だっているように思われる。

黒々とした墨のあとを追いながら、平七郎はまるで父親とそこに一緒にいるような錯覚に襲われていた。

――あった……。

平七郎はめくろうとした手を止めた。

『ご落胤事件』と題したその文字に、平七郎は釘付けになった。

燭台《しよくだい》を手元に引き寄せて一気に読んだ。

「……………」

平七郎は、深いため息をついた。

父の記録には、当時御府内に出没したご落胤について、こう書かれていた。

ご落胤は左京《さきよう》と名乗り、家来二人を伴って商家に現れ、自分は一条関白家に繋がる者だ。父親は寛政《かんせい》年間に没した一条輝良《てるよし》、遊び女《め》だった母に生ませたのが自分で、証拠の懐剣も賜《たまわ》っている。

その私が、大奥に口をきいてやる。さすれば商売はますます繁盛するに違いない。ついては、大奥に渡りをつけるための金がいると言い、呉服屋や蠟燭《ろうそく》屋、小間物屋などから多額の金を詐取している。

ご落胤左京は、年齢は二十半ば、頬から顎にかけて薄い痣があると商人たちは証言した。

恐れ多くも関白家に繋がるご落胤となれば、町方などには手がつけられぬ。

平七郎の父親は、上役に強く訴えて、左京を召し捕り、評定所に掛けるように進言した。

だが、その返事を待っている間に、ご落胤一行は江戸から消えた。

無念――の字を最後に、父のご落胤事件は締められていた。

「………」

読み終えた平七郎の目は、険しい光を放っていた。

心の高まりが次第に強くなった。

――間違いない。今俊徳と名乗っている者は、当時左京と名乗った詐欺師なのだ。

ほとぼりが冷めるのを待って、またこの江戸にやってきたのだ。

――今度は逃がさぬ。

平七郎が熱く決心したその時、

「平七郎どの。よろしいですか」

母の声がした。

「どうぞ」

呼吸を整えて平七郎は母の里絵を見迎えた。

「相談があるのです」

里絵は言った。少し深刻な表情をしている。

「松乃さんのご子息、楯之助さんのことですけど」

「楯之助……ああ、決まったのですか、御役が」

と聞き返したものの、それなら母の表情は明るい筈だと思い直して、

「駄目でしたか」

言い直した。

「それが、まだなんとも決まっている訳ではないのですが、わたくしは心配しているのです」

と言う。

「母上……」

母の心配性はいまに始まったものじゃないと苦笑すると、

「なんでも、仲介して下さる方に三十両もの金子《きんす》をお渡ししなければ、ならぬ話だと言われたそうです」

「誰がそんなことを言っているのです」

「ですから、松乃さんに話を持ってきて下さった方だと思いますよ。実はね、あなたには話さなかったんですが、御役には採用の試験があるようですよ。その採用試験に

受かるための塾ができていましてね、楯之助さんはそこに通っていたようですから」

「では、塾がお金を出せと……」

「たぶん」

「たぶん……」

「だってその人の名は、絶対漏らしてはいけない。たとえ親であろうと姉弟であろうと、松乃さんはそう言われたんです」

「妙な話だな」

「ええ、わたくしも楯之助さんが御役を貰えるならと、松乃さんに三両お貸してあげたんですが、心配になって……」

「………」

「いえ、三両がどうのというのではありません。松乃さんはご親戚などにも無理をお願いしたようです。でも、本当の話だろうかと、それが心配なのです。どう思います？」

不安な顔で里絵は言った。

「母上、母上が心配したってしようのないことでしょう。少し様子をみたらいかがですか」

そう言ったものの、平七郎は楯之助の気持ちを考えると暗い気持ちになった。折を見て一度会ってみるかと平七郎は思った。

大伝馬町の森田屋利左右衛門を、平七郎がおこうと訪ねたのはその日の八ツ（午後二時）過ぎだった。

「騙されている……そうおっしゃるのでございますか」

利左右衛門は平七郎の話を聞き終わるとそう言って押し黙った。その顔からまたたくまに血の気が失せていくのが分かった。

平七郎に言われるまでもなく、利左右衛門の心のどこかに、俊徳に対する不信感は芽生えていたようだ。

それでもまだ半信半疑の利左右衛門に、平七郎は話を継いだ。

「町奉行所に既に訴え出た者がいるのだ。大奥に推薦すると言われて多額の金を渡したとな。さる店からは三百両、また別の店からは二百両を俊徳は騙し取っている。奉行所は内々に調べているのだが、おこうが雨の日に俊徳なる者がこちらに立ち寄ったのに出会ったというものだからな。念のために調べに来たのだ。森田屋、俊徳は京の一条家につながるご落胤だと言わなかったか」

「……………」

「十年ほど前にも同じような騒動があったのだ。その折には、ご落胤は左京と名乗っていたらしいが、御府内の商人を次々と騙していた……」

「……………」

利左右衛門は黙って頷いていた。覚えがある様子だった。

「左京は、顎から首にかけて痣があったと当時探索にあたった者が記録している。こちらのおこうの話では、俊徳にも痣があったというのだが……」

「おっしゃるとおりでございます。あのお方は、ええ、俊徳さまのことでございます。一条輝良さまがお父上さまだと、はっきりおっしゃったのでございます。輝良さまといえば関白におなりになったお方です。私は俄には信じられなかったのですが……」

森田屋の奥座敷で、俊徳の話に仰天《ぎょうてん》する利左右衛門と番頭に、俊徳の家来で神尾《かみお》猪十郎《いじゅうろう》と名乗った大男は言った。

「こちらは何を隠そう、つい先頃まで関白だった忠良《ただよし》さまは異母兄弟にあたられる。お母上は町場の方だが、間違いなく歴《れっき》とした貴い血が流れておられる」

「それはそれは……」

利左右衛門と番頭が手をつくと、

「よいよい、おしのびじゃ。それに余は、かたくるしいことは嫌いじゃ」

俊徳は鷹揚《おうよう》に笑みを浮かべてそう言ったのだ。

着ている物もとびきりの上物で、上目遣いに俊徳の容貌を品定めしてみると、なるほど高貴な色に包まれている。

瞬《また》く間に利左右衛門も番頭も、一行の空気に呑まれていった。

「みれば店は繁盛しているようだが、森田屋は大奥につてはないようじゃな」

俊徳は言った。

「はい、さようです。私のような店では、大奥につてなどあろう筈がございません」

「ほほほほほ」

突然俊徳は、けたたましい声で笑うと、

「わしが口を利けば御用達の看板などすぐに掛けられる」

「はっ……」

利左右衛門は聞き間違えたのかと思ったが、そうではなかった。

「こうみえても、大奥の御台《みだい》様や女官、いえいえ上臈《じょうろう》とは見知った仲でござる。そなたさえその気があるのなら、橋渡ししてやってもよい」

ねとっとした目で利左右衛門を見た。

「願ってもないことでございます」

半信半疑だが、利左右衛門はそう返答した。

「そうか、ならばそうしてやろう。今日雨宿りさせてくれた礼じゃ」

そんな話が普通なら信じられる筈はないのだが、この時には利左右衛門も番頭もすっかり洗脳されたようなものだ。俊徳の話をまともに受けた。

後は家来の神尾猪十郎の話に耳をそばだてたというのであった。

「恐れ入ります。立花さまがおみえにならなければ、私は取り返しのつかない失敗をするところでした」

利左右衛門は無念の表情を見せた。

平七郎はおこうと顔を見合わせると、

「して、なにがしかの金を出したのか」

利左右衛門の顔を見た。

「はい、とりあえずは百両ここでお渡ししました。五日後に三百両をお渡しすることになっています」

「そうか、既に百両は渡したのか」

「大奥御用達という文字に目がくらみました。立花さまがお訪ねくださらなければ、あとの三百両もお渡しするところでした」

利左右衛門は、がっくりと肩を落とした。気の毒なほどの消沈《しょうちん》ぶりである。

「大店につとめていた頃の私なら、騙されることはおそらくなかったでございましょう。しかし、店を開いてまだ十年、この御府内で立派に呉服を商ってみたい……田舎にいる父や母にも一度この店の様子を見せてやりたい……それには飛躍的に売り上げを伸ばして、確固たる呉服屋としての地位も築きたいなどと、焦《あせ》る気持ちがございました。人を見る眼が曇ってしまっていたようでございます」

「森田屋さん、あの人たちは詐欺を働いているばかりではありません。人を殺しました」

横からおこうが言った。

「人殺しを……」

「ええ、一行の中にいた年増の御女中が先日……」

「それはまた……」

利左右衛門は青くなった。利左右衛門の脳裏に、俊徳にかしずいて静かに座っていた三十前後の白い顔の女が過《よ》ぎった。

「ひとつ聞きたいことがある。一行の住処を聞いているか」

「いいえ、五日後に残りの三百両も、とりにみえるとおっしゃるので、お金を用意して待っていたところでした。京橋《きようばし》あたりにご逗留だとお聞きしましたが、詳しくは存じません……」

「五日後か……」

平七郎は腕を組んだ。

六

その五日後を漫然と待っているわけにはいかなかった。こっちの動きを察知した俊徳たちに逃げられてしまうかもしれないのだ。

翌日平七郎と秀太は、紀伊國橋近辺の町を歩き、俊徳一行が宿にしている家を探した。

三十間堀の町は、昔は新両替町《しんりようがえちよう》や銀座の裏河岸と呼ばれ、材木など荷揚げする場所であり、物品を保管する蔵も建っていたりしたのだが、今は様々な店が軒を連ねている。

藍玉問屋が特に多いが、薬屋、本屋、明樽《あきだる》問屋などもあり、そういった店の間や、少し路地を入ったところには、御能を生業《なりわい》としている者たちが暮らしていた。

平七郎たちが一帯の名主である村田善兵衛《むらたぜんべえ》を訪ねるために、銀座裏通りに足を踏み入れた時、
ピーッ――。

笛の甲高い音が聞こえてきた。

その音に秀太の眼が光った。公家のご落胤を名乗る俊徳なら手なぐさみに笛に興じることがあるのではないかと思ったのだ。だが訪ねた名主の善兵衛は、あれはこのあたりでは有名な笛師の家だと笑って言った。平七郎が俊徳というご落胤を名乗る男の逗留先に心当たりはないかと訊いてみたが、

「さて、私の耳には、どこかの家を借りたという話は入っておりません。もしもこの三十間堀あたりにいるとしたら、商人の離れや別宅を借りているのかもしれませんな」

善兵衛はそう言ったのだ。

善兵衛の言葉は、近年地方から流入してくる人の把握の難しさを示していた。

「それらしき者がいると分かったら知らせてくれ」

平七郎はそう言い置いて、善兵衛の家を出た。

三十間堀の一丁目と二丁目をくまなく調べるだけで昼になった。

二人は新《あたら》シ橋まで歩いて、蕎麦《そば》屋に入った。

信州《しんしゅう》蕎麦で繁盛している蕎麦屋で、秀太のお気に入りだった。

久しぶりだった。店は賑《にぎ》わっていて空いているのは樽の腰掛けだけだ。上がり座敷は塞《ふさ》がっていた。

二人は樽の腰掛けに座った。蕎麦を注文すると、秀太が思い出したように言った。

「そうだ、平さん、おこうさんに縁談が来ているのをご存じですか」

「いや、知らん」

そっけなく言ったが、正直平七郎の胸は騒いだ。

「なんでも相手は、絵双紙問屋永禄堂の倅で仙太郎というらしいです」

「ふーん」

ことさら気にならぬ振りの平七郎である。

なにしろこれまで、おこうには幾つもの縁談があった筈だ。おこうはそのたびに断ってきている。

おこうが縁談を断る理由を、平七郎は知らぬという訳ではない。知っている。おそらく自分の存在がおこうを悩ませていることを……。

そして自身も、縁談を受け付けないできた。おこうのことが頭にあったからだ。

「辰吉の話では、今度は本気で考えているらしいというのです。なにしろ相手は、一文字屋をこの先もやってもいい、そういう条件らしいですから」

「………」

平七郎は動揺していた。秀太に気付かれぬように視線を外して、小女《こおんな》が先ほど運んできたお茶を飲んだ。

次に秀太が何を言ってくるか正直落ち着かなかったが、

「どうも、旦那がた、今日は新シ橋の点検ですかね」

人足が近づいて来た。腹当てをした、あの男……人足小屋の火付けをしたのは女だと訴えた男だった。

「そうか、お前たちも昼飯どきか」

秀太が言った。

「へい、いつもは握り飯なんですが、今日はかかあがお出かけだ。紅葉《もみじ》を見に行ったんで、それであっしは、ちょいと贅沢して蕎麦を食いにきたんだ」

言いながら男は、二人の側に座って声を潜《ひそ》めた。

「あの、この間話した女、あっしはまた見ましたぜ、五日前だな」

真剣な顔だ。

「おいまたか、私たちはそれどころじゃないんだ」

秀太は顔を顰《しか》めたが、おかまいなしに男は言った。

「あっしもあのままじゃあ嘘つきにされちまう。いやなに、火付けは違ってたかもしれねえが、あの女は絶対何かあると思ってたんだ。だから毎日注意していたんだ。木挽橋辺りをね」

「お前は、ちゃんと仕事をしているのか」

「旦那……でね」

人足は聞く耳を持たない。おしゃべりを続けた。

とうとう人足は、女の姿を木挽橋の上に見たのだ。女は東袂から橋を渡ってきて、中ほどで佇んでいる。

着ている物は絹物で、小さな柄の着物だった。頭には頭巾を被っていた。

着物には頓着ない人足も、さすがに近くで女を見た時、ああ、あの時の女だと直《す》ぐに分かった。

――どこに行くのだろうか。

人足が橋近くの河岸に歩み寄った時、三十間堀川の西の河岸に子供たち十人ばかりが現われた。

「一、二……一、二……」

号令をかけ合いながら子供たちは西の河岸通りを走りやがて尾張町の方へ消えた。どこかの塾の、体を鍛えるための駆け足だったようだ。

女はその子供たちを見送ると、目に袖を当てて、小走りして東の橋袂に下りた。

ところが、女が橋を下りたところで、ふいに現われた男二人に連れ去られたのだ。

女はもがいていたが、口を塞がれて声も出せない状態だった。

意外な出来事に人足はしばらく橋近くの河岸に突っ立っていた。

「旦那、そういうことでございやす。みんながあっしのことを、まぼろしを見たんじゃねえかと馬鹿にしやがったが、そんなことはあるものか、間違いねえ」

「おい、その女を連れ去った男だが、どんな男だったんだ」

秀太が聞いた。

「一人はお武家、もう一人は若い町人でさ」

「武家は大男か」

「へい、おや、旦那はご存じで？」

人足はきょとんとして秀太を見た。

「平さん、女というのは、殺された巴屋の内儀かもしれませんね」

「内儀のおなつだ。手習塾にいる倅の姿を見にきたんだな」

平七郎の目には、木挽橋から巴屋のある西方をのぞむおなつの姿が見えるようだった。

そこまで来て家に帰れないおなつには、よほどの事情があったに違いないのだ。

「人足、お前の名は……」

平七郎に突然名を聞かれた人足は、きょとんとした目で見返したが、すぐににこっと笑って、

「あっしですかい、あっしは善八《ぜんぱち》といいやす」

胸を張った。

「善八か」

「善人の善、末広がりの八……親が三日三晩考えてつけてくれた名で、へい」

「分かった、ひょっとして、善八に証言を頼むことになるかもしれぬが、しばらくは堀を埋める仕事をしているな」

「へい、いつでもおっしゃって下さい。世の中の役にたつのならなんだっていたしやす。名に恥じないように、それがおっかさんの口癖《くちぐせ》ですから」

妙に格好をつけて善八は店を出て行った。

「なんだありゃあ……と言いたいところだが、平さん、貴重な話でしたね」

運ばれてきた蕎麦に箸をつけたところに、辰吉が飛び込んで来た。

「旦那、おこうさんが、俊徳が連れていたというもう一人の女を尾けています」

「何……案内してくれ」

平七郎は立って辰吉と外に出た。

「ちょっと、平さん」

蕎麦を掻き込みながら秀太は叫ぶと、

「親父、代金だ」

懐から銭を摑んで飯台に置いた。

おこうは南紺屋町《みなみこんやちょう》の生薬屋を、大通りで立ち売りをしている飴《あめ》屋の側に立って見張っていた。

追尾してきた女は、おなつと一緒に俊徳の女中として大伝馬町の呉服屋に入ってきたあの時の若い女だった。先ほどおこうは人混みの中に見つけたのだ。背が低く、ぽっちゃりした娘だが、善良そうな顔をしている。

巴屋のおなつと同様、悪に自分から手を貸しているとはとても考えられなかった。女には、遊び人風の若い男がついているから、逃げようにも逃げられないのかもしれない。

その男は、今も女が店の中に入って行くと、自分は店の軒下で、あたりに鋭い視線を投げながら女の出て来るのを待っているようだった。

この生薬屋に来るまでに、女は近隣で魚や野菜や酒を買い込んでいる。そしてその荷物は、若い男に持たせていた。

「ねえさん、飴は買わないのかい」

ふいに声を掛けられた。

少年が不審な顔でおこうを見ている。

「あっ、ごめん。ちょっとね、待ってる人がいるの。じゃあ、ひとつ貰おうかしら」

少年が藁束《わらたば》に突き刺して売っている飴の棒をひとつ取り上げた。

「四文」

少年が言った。

おこうが四文を少年の掌に落とすと、少年は巾着を取り出して銭を入れ、くるくるとまきとるように巾着を丸めて、また懐に入れた。

「あっ、出て来た」

独りごちて、おこうは店から出て来た女を見た。

女は若い男と南紺屋町と弓町の間の大通りに出た。

おこうは二人を見失わないように尾けていく。

ふいに肩を叩かれて振り向くと、平七郎と秀太と辰吉がいた。

おこうは黙って頷くと、先を行く二人を目指した。

やがて二人は丸太新道まで歩くが、そこで突然横町に走り込んだ。若い男が女の腕を無理矢理引っ張ったようだ。

平七郎たちも走った。角を曲がると、視線の先に二人が横町に走り込むのが見えた。

「二手に分かれよう」

平七郎の声に、秀太と辰吉が右手から、平七郎とおこうが左手から路地に入った。

長い路地の中に隠れ屋があるのなら、既にその家に駆け込んで見失ったかもしれないと思ったが、二人は秀太と辰吉に追われるように平七郎たちの方に走って来た。

「待て」

平七郎が立ちふさがると、

「ちくしょう！」

若い男は、懐から匕首《あいくち》を抜いた。

「馬鹿な真似はよせ。俊徳と一緒だな。奴のところに案内してもらおうか」

「知らんな、そんな男は……」

男は腰を落とし、ぎらぎらした目で睨んでいる。

「無駄な抵抗は止めろ」

後ろから秀太に声を掛けられて、若い男は女の手首を摑んで天水桶の前に立った。

「くそっ」

男は突然左腕を女の首に回すと、右手に握った匕首を女の首に突きつけた。

「退《ひ》け……来るな……この女の命は無いぞ」

「貴様！」

怒りにまかせて男に歩み寄ろうとした秀太に、平七郎の声が飛んだ。

「秀太、よせ。そ奴は本気だ！」

「ちっ」

舌打ちした秀太に、男は冷たい笑いを送ると、

「道をあけろ……早く！」

怒声を発する。

野次馬が集まり始めて遠巻きに垣根を作り始めた。

「お前たちは十間（一八メートル）先に退け！」

凶暴になって男は叫ぶ。

「分かった、いう通りにしよう」

平七郎が目配せをして、秀太も辰吉も十間うしろに下がった。

野次馬のざわめきが起きた瞬間、若い男は女の背中をひと突きして路地の中に走り込んだ。

「しっかりして」

おこうが女を抱き起こした。

平七郎たちは若い男を追った。

だがもう、視線の先に若い男の姿はなかった。路地には誰もいなかった。

平七郎たちは刺された女のもとに走った。

女はおこうの腕の中でぐったりしていた。女を抱きかかえたおこうの腕から血がし

たたり落ちる。

「平七郎さま、早くお医者を！」

おこうが叫んだ。

七

「まだ気がつかんのか」

亀井市之進は苛立《いらだ》った声で言った。額をぴくぴくさせている。

「落ち着いて下さい。こっちまで不安になるじゃないですか」

秀太は、戸のむこうの診療室に目を遣った。

シンとしている。

番屋で聞いた外科の医者に女を運び込んだのだが、もう一刻半にはなる。

治療は終えたと聞いたが、まだ目が覚めてはいない。命が助かるかどうか心配しているところに、番屋で話を聞きつけた亀井市之進と工藤豊次郎がやってきたのだ。

治療を受けた女が、自分たちが調べていた俊徳に関わりの者だと聞いてはじっとしていられない気持ちは分からないではないが、場所もわきまえず自分たちの都合だけを押し通そうとする二人には、秀太もうんざりだった。

「お前たちに抜かりがあったんじゃないのか。これで奴らを逃がしたらどう責任をとるのだ」

工藤豊次郎が秀太に言った。

「何言ってんですか。私たちは橋廻りですよ。でもこたびは、お役に関係なくご落胤事件に協力するようにっていわれてやったことじゃないですか。本来なら定町廻りでやるべき仕事です。そんなに偉そうなことをおっしゃるのなら、平さんに言いますよ。私たちは手をひこうって」

そんなことになれば、困るのはこの事件の責任を負わされている亀井と工藤だと知って言ってやる。

案の定、亀井の顔色が変わった。声を落として言った。

「秀太……勘弁してくれ。俺たちが悪かった。立花には余計なことは言うな。何、待てばいいのだ。じっとな。待つことも仕事のひとつだ」

すると工藤は、

「これで奴らを逃がしたら、俺たち二人は終わりだ、終わりなんだよ、ちくしょう」

空を仰ぐようにして拳を握って悔しがる。大げさな仕草だった。

——ふん、偉そうに言っている割には、意外と気弱なもんだな。

秀太が腹の底で苦笑したその時、

「静かにしてくれ」

戸が開いて、診療室から平七郎が出て来た。

「そろそろ気付く筈だと先生は言っている」

「まことか」

一同は息を呑んだ。

治療してくれた医者は、三十間堀町で診療所を開いている長崎帰りの高林敬之助《たかばやしけいのすけ》という若い外科医だった。

貧乏旗本の次男坊で医者になったというのだが、この辺りでは腕のいい先生だといわれているようだ。

「血の流出がひどく案じていたが、先生は南蛮《なんばん》渡来の薬を使ってくれた。血はまもなく止まる」

安堵《あんど》の空気が一瞬にして流れた。

女の傷は、すぐに縫い合わされた。幸い骨や臓器は無事だというので、麻酔から覚めればもう一安心だと、平七郎はかいつまんで亀井と工藤に話してやった。

「許せぬやつらだな。立花、力を合わせてやつらをきっと捕縛しなければ……」

亀井が言った。

これまで平七郎たちにいちいち難癖をつけてきた二人も、今度ばかりは低姿勢だ。

「女が気がつけば、俊徳の住処を聞けるかもしれん」

平七郎の言葉に、亀井は工藤と顔を見合わせると、

「立花、いや立花さん、事情があってな、今度だけは手柄をほしいのだ。頼む」

あれほど嫌味を言っていた平七郎に、手を合わせんばかりにすり寄る二人の変貌ぶりには驚くほかない。

「まったく矜持のかけらもない……」

秀太が横目で睨んだその時、戸が開いて医者の敬之助が顔を出した。

「気がついた。しかしまだ油断はできぬ。手短にな……それと、そこの賑やかな二人は駄目だ。面会は立花どのだけだ」

敬之助はぴしゃりと言った。

平七郎は亀井たちを待合に残して診療室に入った。

おこうが振り向いて頷いた。おこうは女の右手を握りしめていたが、横に来て座った平七郎に、この方は奈美《なみ》さんというのだと告げた。

奈美は不安な表情で平七郎を見上げていた。血の気の無い顔色をしている。平七郎は奈美に言った。

「ひどいことをするものだな。巴屋の内儀を殺したばかりなのに、今度はあんただ」

「……！」

女は驚愕の目をして平七郎を見た。

「まさか、知らなかったのか？」

平七郎が驚いて聞き返すと、奈美は頷いた。

「そうか……知らなかったのか。私は内儀がなぜ殺されたのか調べていたのだ。幸いあんたは助かって良かった。大丈夫だ、きっと元気になれるそうだ」

平七郎の言葉に、奈美はぽろぽろと涙をこぼした。

「手短に」

医師の敬之助が言った。

「分かった。いろいろ聞きたいこともあるのだが、ひとつだけ教えてくれ。俊徳の隠れ屋だ」

平七郎は奈美をじっと見た。

奈美は顔を強《こわ》ばらせた。だが、

「奴を野放しにはできぬのだ」

奈美は頷いた。小さな声だが、きっぱりと言った。

「う、采女《うねめ》が原《はら》です」

「何、采女が原？」

「采女が原の土手沿いにある仕舞屋《しもたや》です」

「分かった、ありがとう」

平七郎は刀を摑んで立ち上がった。


采女が原とは新シ橋の東方にある馬場のことだった。

もとは伊予国今治藩《いよのくにいまばり》松平采女正定基《まつだいらうねめのかみさだもと》の屋敷だったところだが、享保《きようほう》年間に火事で焼け、移転したあとが馬場になったのである。

馬場の北側には松平和泉守の中屋敷、南側には酒井《さかい》右京 亮《うきようのすけ》の上屋敷があって近辺にこれだけの空き地は他に無い。

まわりには土手が築かれ、旗本の子弟たちの格好の馬場になっていた。

平七郎たちが馬場の西に立った時、遠くに西本願寺の屋根を望みながら、数匹の馬の調馬が行われていたし、土手の東側と南側には、まだ人の往来があった。

土手の北側は別として、周りに馬の足洗場や茶屋、芝居小屋などが並んでいて、日暮れになるまでは人の絶えることはない。

「俊徳のいる家は、この原の東、築地《つきじ》川の見える場所だと言ったな」

亀井市之進が念を押した。

「そうだ、亀井さんと工藤さんは、この原の右手から、俺と秀太は左手から探そう」

平七郎が言い、二手に分かれて俊徳の住処を探すことになった。平七郎と秀太は、築地川に架かる万年《まんねん》橋の袂から調べ始めた。

茶屋や小料理屋、蕎麦屋などが軒を連ねていた。だが、そういった商いとは無縁の仕舞屋があるのを見付けた。

二階屋で表の戸は閉められていた。

秀太が隣のしるこ屋に聞いたところ、一年前まで小料理屋だったらしいが、二ヵ月前から立派な武士が住んでいる。

一度女中に聞いたところ、上方からおしのびで江戸見物にやって来た。年明けまで滞在するつもりだと言っていたというのであった。

「間違いないようです。この家ですね。ひと仕事すれば、また、江戸を払うつもりらしいです」

秀太が仕舞屋を睨みながら言った。

反対から調べてきた亀井と工藤が小走りしてやってきた。

「ここだ」

平七郎が顎で視線の先に見える仕舞屋を指すと、

「どうする……すぐに踏み込むつもりか。おぬしが決めてくれ」

流石《さすが》に今回ばかりは、平七郎を立てる亀井である。

「まずは、確かに奴らの住まいかどうか、確かめねば……踏み込むのはそれからだ」

「分かった」

亀井と工藤は頷いた。

秀太は二人を見ていておかしくなった。自分たちの定町廻りの首が皮一枚となっては、橋廻りの平七郎に従うしかないのだ。

「秀太、裏に回って見て来てくれ」

平七郎は家の中の偵察を秀太に頼んだ。亀井や工藤では心許ない。口にこそ出しはしないが二人は無用の長物、肝心なことを頼んで失敗されては堪《たま》らない。

平七郎と亀井と工藤は、物陰から仕舞屋を見張った。

裏手に回った秀太は、すぐに戻ってきた。

「平さん、いました。奈美さんを殺そうとした男と、俊徳と思われる武家と二人です」

「家来の大男は？」

「出かけているようでした。それよりなにやら、荷造りしているようでしたから、町方の動きを知って、なにもかも振り捨てて江戸を出るつもりかもしれません」

「よし、大男が帰ってきたところに踏み込む」

平七郎は言った。亀井も工藤も頷いた。

大男が帰って来たのは暮れ六ツ前、やがて辺りは薄墨色に包まれようとした頃だった。

もはや馬場周辺に人通りはほとんど無かった。周辺は武家屋敷で、夜ともなれば賑わいは木挽町の方が一段とある。

平七郎と秀太は、亀井と工藤に表を任せて裏手に回った。

「船ですよ。何時《いつ》用意したんでしょうか」

秀太は、仕舞屋の裏河岸に繋いでいる茶船を見て驚いた。

船頭が河岸に上がって煙草をくゆらしていた。待機しているのだと思った。

「秀太……」

平七郎は秀太を船頭のもとに走らせた。

二言、三言、秀太が船頭と話すのが見えたが、まもなく船頭は煙草の火を落として腰を上げ、船に乗り込んで去って行った。

「やっぱり、傭《やと》われていたようです」

戻って来た秀太は言った。

音を立てないように二人は裏手から中を覗いた。

大男が俊徳の前に、いくつもの小判の束を置いて説明しているところだった。

「行くぞ」

平七郎は裏庭から一同が居る座敷の前の縁側に上がった。

「誰だ！」

異変に気付いた大男が、手に刀を摑んで出て来たが、その首にすっと剣先をつきつけたのは秀太だった。

「刀を離せ、死にたいのか」

秀太の声をとらえながら、平七郎は座敷に飛び込んだ。不意の侵入者に俊徳は目をしろくろさせて刀に手をかけたが、平七郎は匕首を抜いた若い男を横目に見て、ずかずかと俊徳に近づいた。

「お前がご落胤を騙《かた》る俊徳か」

俊徳の側に立つ、匕首を抜いた若い男にも、油断無く視線を遣る。

「な、なんだ、町方が何の用だ。私は正真正銘のご落胤だぞ。こんな非礼なことをして、後でどうなるか分かっているのか」

平七郎は苦笑した。

「ご落胤とは笑止千万、これは何だ……」

平七郎は足下の小判の束を木槌で指した。そしてその木槌をぐいと俊徳に向けた。

「………」

睨み据える俊徳だが、刀を抜けない。

抜けば、平七郎が手にしている木槌が、今にも自分の胸に飛んで来そうな気がしているのだ。

「商人を騙して金を巻き上げ、人を殺す。それがご落胤だというのか……百歩譲って真のご落胤だったとしてもお前はお裁きを受けなければならぬ。女中に仕立てたおなつを殺し、その殺しを見た船宿のおあきという娘も殺し、今日は今日で奈美という女も、お前の横にいる男は殺そうとしたのだ。お前は詐欺師で殺人鬼だ。召し捕る」

ずいと出たその時、若い男が匕首を摑んで突っ込んで来た。

「野郎！」

だが平七郎はなんなく躱《かわ》すと、その若い男の手元に木槌を打った。若い男は匕首を落とした。すぐに拾おうとしたが、すかさず平七郎の木槌が若い男の手首を強打した。若い男は悲鳴を上げて表にむかって走って行った。

「佐次郎《さじろう》、逃げるのか！」

俊徳は怒りの声をあげるが、佐次郎と呼ばれた男は振り向きもせずに表に出た。だが、

「出て来たぞ、抜かるな」

亀井の大声が聞こえた。

「刀を捨てろ、神妙にしろ！」

平七郎の声に反発するように、俊徳は刀を抜いて突進してきた。

平七郎はあっさりと木槌でこれを払った。

つんのめりそうになった俊徳だが、性懲《しょうこ》りもなく向きなおると突いてくる。追いつめられて、前後のみさかいがつかなくなったようだ。

――止むを得ない。

平七郎も刀を抜いた。右に左に刀を振りまわす俊徳に峰を返すと、一撃した。

「うっ……」

肩を押さえて蹲《うずくま》った俊徳に、平七郎は笑って言った。

「峰だ。だがお前の命は助かるまい。お調べが終わるまでお預けだ」

「立花……」

その時、佐次郎に縄を掛けた亀井と工藤が意気揚々とした顔で入って来た。

大男はというと、秀太の足下に気絶して転がっていた。

「腕を上げたな、秀太」

平七郎は言った。

「ありがとうございます」

秀太は言い、亀井と工藤をじろりと見て、これみよがしに手の埃《ほこり》を払った。

八

外科医敬之助の診療所で治療を受けていた奈美が起き上がれるようになったと聞いた翌日に、平七郎と秀太は殺されたおなつの亭主、巴屋の市兵衛を連れ、奈美に会いに行った。

どうしてもおなつさんのご亭主に話しておきたいことがある……奈美がそう言っているのは看病をしているおこうから聞いたからだ。

※

奈美はその日、床から起きて肩から綿入れを掛け、平七郎たちを待っていた。

「おなつさんが何故《なぜ》家に戻れなかったのか、お話しいたします」

奈美は市兵衛と挨拶を交わすと言った。

「何を聞いても大丈夫です。本当のことを教えて下さい」

神妙な顔で言った市兵衛に、

「おなつさんは伊勢の御師の家で、あの俊徳に酷《ひど》いことをされたんです。それで帰れなくなったんです」

奈美は言った。

「そういえばおわかりですね……」

身じろぎもせず聞いている市兵衛の顔を見た。

ほんのしばらく沈黙が続いたが、奈美は言い換えた。

「押して不義をされたんです」

市兵衛は頷いた。だが、その顔には衝撃と戸惑《とまど》いが見えた。

奈美は話を続けた。

「御師のご家族も知らないことです。俊徳は御師の皆様の目を盗んで、おなつさんが療養していた部屋に忍び込んだのです。辱《はずかし》めに耐えられなくなって、まだ傷の治りが十分ではなかったのに、おなつさんは御師の家を出たのです。ところがあの人たちはすぐに追いかけてきて、おなつさんを摑まえました。その後はお話しするもいまわしいことです……」

「…………」

市兵衛は顔を歪《ゆが》めた。怒りが押し寄せているようだ。

「私もおなつさんと同じ目にあった者です。おなつさんとは励まし合って生きてきたんですが、あの家来の男がいつも私たちを見張っていました。逃げたら殺すといいました。がんじがらめにさせられて、私たちは俊徳の女中として仕立て上げられたんです」

市兵衛は、苦しそうな息を吐いた。ある程度の覚悟はしていたとはいえ、夫には衝撃が過ぎる話だった。

俊徳たちは今、小伝《こでん》馬町《まちょう》の牢に入って調べを受けていた。

ご落胤ばなしは嘘っぱちで、もとを正せば浪人の倅で深川《ふかがわ》に住んでいたらしい。家来の大男も深川生まれ、遊び人風の若い男は伊勢《いせ》山田《やまだ》の男らしかった。

十年前に江戸を荒らしてからは上方で暮らしていたが、その後伊勢に行って御師の家に逗留し、金が無くなったところで再びご落胤になりすまして江戸に入り、急ぎ働きをするつもりだったようだ。

俊徳は供の女二人については、女の方からついてきたんだとうそぶいているらしい。

ただ、おなつを殺したのは、おなつが家に帰りたいなどと言い出したためだと白状したようだ。

おなつを家に帰せば自分たちの悪が全て明るみに出る。俊徳たちはそれを恐れたのだった。

「酷い男だな。それにしてもあんな男から逃げることはできなかったのですか」

秀太が厳しい口調で言った。いわずもがなだが怒りを隠せなかったのだ。

奈美は、哀しげな表情で首を横に振った。

「奈美さん、もういい……」

市兵衛は奈美を労《いたわ》るように言った。

「そんなことだろうと私は考えておりました。伊勢なんかにやらなきゃよかったと思っています。おなつの人生はまだこれからだというのに、なにもかも奪われて……」

市兵衛は涙ぐんだ。

奈美もしくしく泣き出してしまった。

無理もない。奈美だって俊徳の女中になったのは、なりたくてなった訳ではない。

平七郎がおこうから聞いた話によれば、奈美は大坂の堂島《どうじま》にある米蔵を見張る下級役人の娘だった。

友達と伊勢に行ってはぐれてしまい、不安に思っているところに俊徳に声を掛けられた。

ほっとしてついていった先で、おなつが受けたと同じような屈辱を受けたのだった。

奈美もまた、自身の意思が弱かったとはいえ、俊徳から多大な被害を受けた一人だったのだ。

「市兵衛さん……」

奈美は涙を拭って言った。

「おなつさんの心はいつも旦那さんとぼうやのところにありましたよ」

「奈美さん……」

哀しげな顔をむけた市兵衛の目を、奈美はしっかりと見返した。

「それは私が一番良く知っています。だから江戸の隠れ屋に住むようになった時から、おなつさんはたびたびおうちの近くまで出かけて行ったようでした。子供さんの顔を見たい、ひと目でいい、そうおっしゃって……でも会える訳がありません。隠れ屋に帰ってくると泣いてました。私は、木挽橋までしか行けないの、あの橋を渡れないんだって……」

市兵衛は何度も大きく頷いた。それはひとかどの問屋の主という身分をかなぐり捨てた、男の哀しい姿だった。

平七郎の胸にも秀太の胸にも、改めて怒りがこみ上げてきた。

俊徳たちは極刑になるのは間違いないが、極刑になったからといっておなつや奈美やおあきの命や人生が取り戻せることは無いのである。

平七郎の脳裏には、木挽橋の袂に立ち、対岸を望みながら、夫を偲《しの》び、子供を想うおなつの姿が見えてくるようだった。

平七郎は非番で家にいた。買い求めてきた帳面に、日誌を書き始めようと思ったのだ。

おそまきながら父にならって自分も関わった事件の経過や顚末《てんまつ》を記していこうと考

えたのだ。

ところが墨をすり始めてまもなく、母の友人松乃が血相をかえてやってきた。

挨拶に出向くと、松乃は平七郎に訴えたのだった。

「こんな酷い話があってよいものでしょうか。わたくしは楯之助には叱られるし、お金はとられるしで、何がおこったのかと御奉行所に訴えましたの。そしたらなんと、楯之助をそそのかした張本人は小伝馬町の牢屋に入っているというではありませんか。悔しいったらありません」

松乃は袂から手巾を出して、きりきりと噛んだ。

「平七郎どの、松乃さんたちは騙されたようですよ。俊徳というお方に……」

里絵が松乃に代わって告げた。

「なんですと、俊徳と言いましたか」

聞き返した平七郎に、松乃は、口利きを頼んださる塾の先生が引き合わせてくれたのが、俊徳という男だった、と言ったのである。

松乃の他にも三人の母親が俊徳に会った。

そして俊徳から、幕閣のしかるべき人に仲介を頼んでやるという確約を得たのであった。

そのすぐあとで、それには金がいると言われて、部屋住みの倅を抱えた母親たちは、無理をして金を工面したのだった。

ところが金を渡して数日もたたぬうちに、塾頭から俊徳がいなくなったと告げられた。

不用意にも、塾頭まで騙されていたのだった。

「そのことなら、俊徳の金は押さえてありますから、全額は無理でも、返ってくるかもしれませんよ。今のうちに被害届けを出しておいた方がいいな」

平七郎は言った。

松乃はほっとしたようである。ほっとしたついでに、膝の前にある羊羹《ようかん》を食べ、お茶を飲み干すと、

「そうだ、今日寄せて頂いたのは、わたくしの恥ずかしいお話をするためではございませんでした。平七郎どのの縁談を持ってきたのです」

平七郎の顔を見て微笑んだ。

「お母上さまを、もうそろそろ安心させてあげて下さい、平七郎どの」

先ほどまであたふたしていた松乃が、突然世話焼きおばに変身していた。

「そのうちに考えます」

平七郎は慌てて座を立って部屋を辞した。

「お待ちください、平七郎どの」

松乃の声が追いかけて来た。だが、平七郎は部屋に戻った。

俄におこうの縁談が気になった。机に向かったが、すぐに立って縁側に出た。いろは紅葉が瑞々しい赤に染まっていた。

平七郎は立ったまま、見詰めた。

第二話　雪の橋

一

冬の日暮れは早い。七ツの鐘を聞いたら、あっという間に日が傾く。

薄暗くなった道を急ぐ町人体《てい》の男の後ろから、浪人体の男が尾《つ》けている。

町人体の男は、綿入れの袖《そで》無し半纏《はんてん》を着ていた。浪人の方は夜目にもよれよれの袴《はかま》を着けている。

月の光は細く、深くなっていく闇を照らすには十分とは言えない。

尾けられている者が尾行に気付くのは難しく、また尾けている者も見失わぬように尾けるには、前を行く男との間隔に腐心しなければならない。

人通りはほとんど絶えていたが、前を行く男と、尾ける浪人との間には、佐久間《さくま》町一丁目《ちょう》を過ぎたあたりから、羽織を着た町人一人が割り込んで来て、それまで二人の間にあった張りつめた空気が途切れた。

尾けている浪人は必死だが、その前に割り込んだ町人は、背後の緊張に気付く気配もなく、襟巻《えりま》きをかき合わせながら、なにやら心せかされているようにせかせかと歩いて行く。

浪人は割り込まれて戸惑《とまど》っているようだった。このまま尾行を続けるか日を改めるか、心の中で問答しているように見えた。

師走《しわす》に入ってまもないが、体の芯まで凍るようだ。浪人が逡巡して張り詰めた気持ちが崩れそうになったその時、尾行されている男が右に折れて新《あたら》し橋を渡り始めた。

その後ろを行く割り込んだ町人は、橋は渡らずに、まっすぐ東に向かって行く。

――しめた。

浪人は邪魔者が消えたとばかりに、男が渡った新し橋に足を向けた。

橋の上に人通りはまったくなかった。

先を行く男と浪人の間はおよそ五間（九メートル）、男は橋を渡りきると、突然橋袂から土手の方に折れ河岸《かし》に下りた。

浪人も慌てて追って行く。

すると、突然先を行く男が立ち止まって後ろを振り向いた。そして浪人を迎えるようにして立った。

「気付いていたのか、流石《さすが》だな」

浪人が抜刀した。

男も腰から刀を抜いた。小脇差だった。普通の脇差より少し短めの、懐剣より長い刀で、半纏の下に隠れていて分からなかったらしく、浪人がぎくりとした。

「そうか、いざという時のために、備えていたか」

浪人は薄笑いを浮かべて言った。町人の男は、一言も発しない。

薄闇の中で二人は対峙《たいじ》した。静寂の中に緊張が走る。

浪人の刀は大刀、男は小脇差、まともに戦えば一瞬にして男は斬り殺される。

浪人は、右八双《みぎはっそう》に構えた。

男は右片手に上段の構えで立った。

待っていては不利と思ったか、男は剣先で浪人の顔をとらえたまま、じりじりと腰を落として間合いを詰めていく。その目は爛々《らんらん》と光って見えた。

浪人は一瞬怯《ひる》んだ。剝《む》き出しの男の闘志に動けなくなっていた。

だが、次の瞬間、男が一間のところに詰めてきたその時、浪人は強く踏み込んで袈《け》裟《さ》掛《が》けに斬り下ろした。

「死ね!」

だが男は、すばやく右手を引いて体をのけぞらせた。浪人の剣は空を斬った。だが浪人は二の太刀で、のけぞった男の腹を薙《な》いだ。

「うっ」

男は、満身の力でこの刀を腰だめに構えた小脇差で受け、浪人の刀を上から押さえつけた。浪人の刀は、男の腰にげんこつひとつのところにある。息ひとつ間違えば、浪人の刀は男の腰を薙ぐ。

「うう……」

「くそっ……」

互いにうなり声を上げながら、力比べになった。こうなると、上から押さえている男のほうの力が勝る。体重を掛けてぐんと突き飛ばした次の瞬間、男は後ろに飛んだ。

浪人が走って来た。再び袈裟掛けに斬り込んで来た。

男はこれを見逃さなかった。今度は男の方から走り込み、打ってきた刀を受け流すと、小脇差で浪人ののど元を下から突き上げた。

「ぐっ……」

浪人は刀を振り上げたまま、地に落ちた。

男は荒い息を吐きながら、薄闇に落ちた浪人の体を見詰めた。浪人が動かないのを確かめると、男は小脇差についた血を浪人の袖で拭った。

立ち上がると新し橋に目を遣った。舐《な》めるように向こうの袂からこちらの袂まで、ずっと見渡す。誰一人の影も無い。

更に河岸に積み上げている荷物の陰、土手に靡《なび》く枯れた芒《すすき》の中を用心深く見渡してから、空を仰いだ。

男は、誰かに見られていると思ったようだ。だが男を見ていたのは、薄雲の中に見える細い月だったのだ。男はほっとして息をついた。

「どうしたのですか、遠慮せずに食べて下さい」

仙太郎は、おこうに白い歯を見せて笑った。大店《おおだな》の倅《せがれ》にしては、日焼けしていて、そのためか彫りの深い顔が精悍《せいかん》にみえる。

だが、気取りのないのは結構だが、日本橋通りの絵双紙問屋『永禄堂』の跡取り息子にしては、あまりにも風格というものがなさすぎるのではないか、とおこうは思った。

なにしろ身につけているものが紬《つむぎ》だった。他の大店の若旦那の多くが、羽織と対の、艶《つや》のある上絹の着物を着ているというのに、仙太郎は絹は絹でも、光沢のない素《そ》朴《ぼく》な紬の揃《そろ》いを着ていた。

その身なりなら、そこそこの店の番頭格の格好だ。実際部屋に入って来た男を見た時、おこうは永禄堂の番頭が、仙太郎が来られない旨《むね》、伝えに来たのかと思ったほどだ。

しかも仙太郎は、膝の横に硬い布地の集金袋を置いて座ったのだ。手垢《てあか》のついた黄土色の袋だった。しゃれた道行ではない。

「先ほどまで集金して回っていたんです。日が暮れるまでね。だからこんな無粋《ぶすい》な袋を下げています」

いっこうに頓着《とんちゃく》ない仙太郎だ。

まるで昔からの知り合いに会ったように、おこうに遠慮もないし、てらいもない。初対面とはいえ、仙太郎の二言、三言を聞いて、おこうは自分が想像していた男とは随分違うのに驚いていた。

軟弱で、見た目も色白の、ちゃらちゃらした男だと、勝手に想像していたのである。

おこうは戸惑っていた。

なにしろ昨日、仙太郎との縁談話を持ってきた煙草《たばこ》問屋の佐兵衛がやって来て、

「四半刻（三十分）ぐらいでいいから先方が会いたいと言っている。すまないが、会うだけでも会ってくれないか、私の顔を立てると思って……」

そう言ったのだ。

おこうは悩んだあげく、四半刻ぐらいならと返事をしたが、待ち合わせ場所を柳《やなぎ》橋北袂の小料理屋「梅香」の二階に指定してきたと思ったら、座敷に着座するなり料理が運ばれてきたのである。

「食事をするなんてことは聞いてはおりません……困ります」

おこうはきっぱりと言った。

目の前の膳には、小鯛《こだい》の焼き物、菊と大根の膾《なます》、平には、しいたけや蓮根《れんこん》、慈姑《くわい》や人参《にんじん》などを炊き合わせたもの、それに卵焼きに香の物、茸《きのこ》の吸い物に栗ご飯が載っている。

普段の暮らしでは、なかなかこれだけの物を一度に口にすることはない。

「そんな堅いことは、お互い言わないでおきましょう」

仙太郎は笑って言った。そしてもう箸をとっている。

「確かに四半刻ほど話をしたい、それだけは佐兵衛さんに伝えました。ですが、お互い忙しくて、会える時刻も食事どきになってしまったんです。お茶と饅頭《まんじゆう》では寂しいではありませんか」

「でも」

「私は今日は昼抜きだったんだ。行儀が悪いが、お許しを……」

仙太郎は、早速卵を口に入れた。もぐもぐごっくんと飲み干してから言った。

「私も滅多《めった》にこんな料理は食べないんだから、食べないでこのまま帰るのはもったいないじゃないですか。あなたもどうぞ……どうせ何かを食べなきゃならんのですから」

今度は小鯛をせせり、むしゃむしゃ食べたが、まだおこうが箸を取らないのに気付いたらしく、顔を上げると、

「下心があると用心しているんですね」

にやりと笑った。

――嫌な人……。

呆気《あっけ》にとられて見返すと、

「そんなものは無用です。私に奢《おご》ってもらったら後が怖いと……そういうことでしょうが、約束しますよ。私があなたに食事を奢ったからといって、私の意に添う返事を下さいなどと、野暮《やぼ》なことは申しません」

「…………」

「さあ、食べましょう。何、格別の話はないんだ。あの爺《じい》さんが心配して、一度おこ

うさんに会ったほうがいい、なんてけしかけるもんだから、私もその気になったんです。食べたら帰りましょう。さあ……」

そこまで言われては、おこうも断り切れなくなった。

箸をとってしまうと、今更ながら腹の虫が鳴いていることに気づいて、遠慮も忘れてしまった。

ちらっと見た仙太郎は、口辺に笑みを浮かべていた。きっと腹の底では、この女、ちっともこちらを気にしていないようだと笑っているに違いなかったが、おこうはぱくぱく食べた。

縁談は断ろうと思っていた相手である。大口を開けて食べ、それが気に入らなければ結構なことだと思ったりした。

ところが、きれいに平らげて、

「ごちそうさま」

箸を置くと、仙太郎はまた白い歯を見せて笑って、

「結構、私の思っていた通りの人だな、おこうさんは……変にとりつくろって上品に食べても、すぐに化けの皮は剝《は》がれるものです。自然体が一番、肩が凝らないし嘘がない。おこうさんは正直な人だな。食事しながら考えていたでしょう……大口開け

て、ぱくぱく食べて、それで私が諦めてくれればいいと……」

「……」

おこうは驚いた。正直そうだが、まさかそんなことは言えない。苦笑して見返すと、

「本当のことを言いましょう。実はあの爺さんの意のままに、あなたに会うことにしたと言いましたが、少し違います。私も是非会いたいと思っていました。縁談の断りを聞くためじゃありませんよ。そんなことを聞くために、わざわざ誘って一緒に食事をする馬鹿はおりませんからな。縁談の返事は、どちらであろうと、ずっと先に頂きます」

仙太郎は、じっとおこうの顔を見詰めた。

おこうは、瞬《まばた》きして俯《うつむ》いた。穴の空くほど見詰められて、流石《さすが》に恥ずかしかったのだ。

「今日お会いしたのは別の話です」

と仙太郎は言った。

そして、仲居を呼んで新しい茶を頼んだ。

それまでの仙太郎とはまるで違って、言葉に真剣みが窺《うかが》える。

おこうは顔を上げた。

「おこうさん、おこうさんの親父どのが遺した読売の記録を、本にしてみませんか」

突拍子もない話を持ち出してきた。

「今までどこも出してませんよ……結構面白いんじゃないかと思ったんです」

「父の遺した読売をですか……」

突然何を言い出すのかと聞き返すと、

「そうです。読売を見れば、その時々の江戸の様子が分かる。誇張があったり、真実ではないものもあるでしょうが、それも時代の記録です。面白いし、先々にはきっと貴重な本になると思うのですが……」

「………」

「何を馬鹿なことを言っているんだと驚いていますね」

仙太郎は苦笑してみせると、

「無理もありません。しかし私は絵双紙問屋だけで終わりたくない。この江戸で本屋の看板を掲げ、本当に面白い本を自分のこの手でつくりたい、そう考えているのです」

と言うではないか。どうやら大真面目のはなしのようだ。

これにはおこうは驚いた。同時に仙太郎の話に引き込まれていくのが分かった。

仙太郎は話を続けた。

「本屋仲間からいえば、生意気だというでしょうが、今本屋の看板を掲げている店も、もとは貸本屋だったり、別の商売だったりと、いろいろです。親父から引き継いだ店を守る、それだけでは物足りない、常々そう考えていたのですが、おこうさん、あなたとなにがしかの縁を持つことになって、ふっとひらめいたのです。親父さんが残した読売の記事は、親父さんそのもの、親父さんの歴史だと。それに、この御府内の歴史でもあるとね。どうです……やってみませんか」

真剣な顔が、おこうの目をとらえていた。

「………」

「言っておきますが、おこうさん、私は別に、あなたの気をひくためにこんな話をしているのではないのです」

「考えさせて下さい。いますぐ返事をと言われても」

「そりゃそうです。分かっています。何、急ぎはしません。十分に考えて下さい、お待ちしています」

仙太郎は笑みをみせた。

二

木戸の門をくぐって道場の敷地に入ると、いきなり、門弟たちの勇ましい気合いの声が聞こえて来た。同時に竹刀《しない》を打ち合う激しい音が道場に満ち、耳を聾《ろう》するばかりだ。

平七郎は久方ぶりに身が引き締まるのを感じた。

久松町《ひさまつちょう》の上村左馬助《うえむらさまのすけ》の道場に立ち寄ったのは久しぶりで、弟子も増え、隣家も買い入れて道場を広くしたと聞いていたが、なるほどひとかどの道場主らしい広さの住まいになっていた。

普請をして居宅も道場も広げたと知らせを貰《もら》ったが、与力の一色が巻き込まれた麦湯を売る女を調べていたりして、なかなかその暇がなかったのだ。

橋廻りは閑職と言われていたがとんでもない。近頃は御奉行の榊原《さかきばら》の密命も受けたりして、非番の日でも町を歩いている。

いや、そうでなくても、殺人といった大ごとから町民たちの揉めごとにまでかかわることが多く、定町廻りの時と変わらぬ多忙さで、左馬助のことを思い浮かべる余裕がなかった。

もっとも、秀太は左馬助の弟子で稽古に通っているから、左馬助と妻妙《たえ》のむつまじい暮らしぶりは、秀太から逐一聞いていた。

昨年の暮れに女の子が生まれてからは、左馬助はすっかり親ばかぶりを発揮しているらしく、稽古が終わると赤子を抱いて、

「これはまれにみる美人になるぞ」

とか、

「目の輝きが違う、利発な子だ」

などと悦《えつ》にいっているというから、昔の左馬助を知っている平七郎などからみれば信じがたい変わり様だった。

道場を覗いてみるか、それとも居宅の方にまっすぐ行くかと考えていると、

「あら、どうぞどうぞ、来客ですが、もう終わりますから」

女の子を抱いた妙が、居宅の庭からやってきて告げた。

「久しく見ぬうちに、ずいぶん顔立ちがしっかりしてきたな。なるほど、左馬助に似つかぬ美人だ」

歩きながら平七郎が赤子の顔を覗いてあやすと、赤子は口に突っ込んでいたよだれ

だらけの手で、平七郎の顔をパンと叩いた。

ねっとりしたよだれには、乳の匂いがあった。手の腹で顔を拭きながら、懐かしいなとふと思った。同時に、乳の匂いのする可愛らしい赤子と暮らす左馬助がうらやましいなとチクリと思った。

「これこれ、だめでちゅよ、おじちゃま、ごめんなさいって」

妙が赤子に代わって言った。

左馬助は八畳の間で、男二人と会っていた。男二人の側には大きな風呂敷包みの上に、柳行李《やなぎごうり》を幾重にも重ねた荷物が置いてある。

——ああ、富山《とやま》の薬売りか。

そう思った時、

「よう、きたかきたか」

左馬助が座敷から手招きした。

「お前の噂をしていたところだ。この江戸には優秀な橋廻りがいるとな」

平七郎が部屋に上がって行くと左馬助はそう言って、

「紹介しよう」

改まった顔をつくると、まず平七郎に二人を紹介した。

「こちらが伝蔵《でんぞう》さん、そしてこちらが吉兵衛《きちべえ》さんだ。みての通りの富山の薬売りだが、あちこち回っているから話が面白い。半年に一度この道場には回ってきてもらっているが、待ち遠しいほどだ」

左馬助は楽しげに言った。

伝蔵という男は小柄な男だった。日焼けした彫りの深い顔立ちで、体つきは頑強そのもの、荷物をしょって諸国を回っているためか、たくましい感じがした。歳は四十に近いと見た。

もう一人の男は三十前かと思える。こちらも引き締まった顔をしていたが、目の光が暗い感じを受けた。

「伝蔵さん、吉兵衛さん、こちらが立花平七郎だ。これまで散々話しているから、どんな男か説明する必要もなかろう」

左馬助は笑った。

「それでは私たちはこれで……」

お茶を運んで来た妙に礼を述べると、二人は大きな包みを肩に背負って帰って行った。

「富山の薬はみな置き薬だが、なかなか良く効く。しかし支払いの時には困る、意外に服《の》んでいるものだな」

ひとしきり先ほどの二人から聞いた各地の噂を披露していたが、

「秀太があまり心配するので来てもらったのだ」

突然真顔になって言った。

そして道場に顔を出してくるから少し待っていてくれと言い置いて部屋を出た。

——困ったな、これから秀太と柳橋の点検があるのだ。

心配していると、左馬助はすぐに戻って来た。

「八百屋の倅で腕の立つ男がいてな、その者に代稽古を頼んで来た」

左馬助はそういうと、平七郎の前に座り直して、

「おぬし、おこうさんをどうする気だ」

真剣な顔で平七郎の顔を覗きこんだ。

「どうするって、どういうことだ」

少しむっとして聞き返すと、

「決まってるだろう。妻にする気があるのかどうか、訊いているんだ」

「……秀太の奴、またよけいなお節介を……」

「馬鹿、お前を心配してるんじゃないか。話を聞いたところ、おこうさんには縁談が

あるらしいな」

「………」

「なんでも絵双紙問屋の倅だというが、何、どうせふやけた野郎に違いない。といってもだ。お前がはっきりしないから、おこうさんも迷う。辰吉はひやひやして見ているらしいが、一人で抱えきれなくなって秀太に相談したという訳だ。ひょんな成行で、そいつのところに嫁に行くなんて言い出すかもしれんぞ」

「………」

苦笑いしてごまかそうとしたが、左馬助の視線は厳しかった。

「何時《いつ》までも娘ではいられないんだ。もう大年増なんだからな。この間もここにやって来て、美里《みさと》を抱いてあやしていたが、妙さんはお幸せね、なんてうらやましそうだったぞ。これ以上歳を重ねて婚期を逃すと、子供を産むのも難しいからな」

「………」

「おぬしは何も聞いていないのか、おこうさんから」

「知らん。しばらく会ってない」

「何を言ってるか。会ってただろう。その話が出たのは、あのご落胤《らくいん》事件の時だ」

「………」

「まあいい、とにかく、おこうさんのためにも、むろんお前のためにもだ、はっきりしたほうがいいな」

左馬助は言い、やれやれという顔で平七郎を見た。

「やはりここが腐っているようだな」

秀太は木槌《きづち》で橋の床を叩いて言った。平七郎はまだ来ていない。

「修理にはどれぐらいかかるのでしょうか」

秀太の診断を待っていた船宿『矢倉屋《やぐら》』の番頭は訊いた。

矢倉屋はこの神田川に架かる柳橋一帯の世話役で、このたびも柳橋の底板がへこむところがあるから診て欲しいと言ってきた。

「どのくらいとは費用のことか、それともかかる日数のことか」

「日数です。それまでこの一画を囲って、通行止めにしようかと思っています。足を踏み込んで怪我でもしたら大変ですから」

「そうだな、一間四方立ち入らないようにしてくれ。何、修理といってもこの辺りだけだ」

秀太は木槌でその辺りを指し示し、

「なにしろこの橋の修理は、他の橋に比べて格段と多い。知っているな」

「はい」

「火事で焼け落ちる、出水で壊される。橋が架かる前には渡し船だったそうだが、三《さん》途《ず》の渡しといわれていた……」

秀太はうんちくを傾け始めた。

橋の創設は元禄《げんろく》年間（一六八八～一七〇四）、明暦《めいれき》の大火の時に堀や溝《どぶ》にあった遺《い》骸《がい》を集め、舟で回向院に運んだ場所が、今この橋の架かっている船溜だったのだ。

その後もたびたび架け替えられて、橋の長さ十五間（二十七メートル）、幅三間（五・四メートル）の橋に架け替えられている。

「手当は早いほうがいいのだ。大事に至らぬ前にやる」

秀太は力を込めて言った。

常々橋廻りから定町廻りに異動したいと念じている秀太だが、実際こうして橋の傷みを目の前にした時には、橋廻りの任務を天職としているような物腰で、そんな素振りはおくびにも出さない。

「承知しました。それでは早速……」

番頭は帰って行った。

秀太は、木槌を持ったまま、番頭が入って行った船宿の二階に視線を走らせた。

点検にやって来た時から時々二階の窓に目をやっているのだが、秀太が気になる女の姿は今日はなかった。

秀太は、少しがっかりした。

前回この橋の点検にやって来た時、矢倉屋の二階から、丸顔の可愛らしい娘が、秀太の方をじっと見詰めているのに気がついた。

秀太はどぎまぎしたが、年頃の娘が自分に興味があるのだと思うと悪い気はしなかった。

だから今日も、一足先に橋の点検にやって来たのだが、期待していた心ときめく情況にはなり得なかったようだ。

──しかしあれは、ただのお客だったのかもしれんな。

と秀太は思った。お客が手もち無沙汰で窓から外を覗いているのを、自分に一目惚れしたように早とちりしただけかもしれない……。

実際矢倉屋に娘のいる話は聞いていない。着ていた着物や雰囲気から、仲居などの奉公人でもない。

おこうさんに負けない娘だったのにと、がっかりして木槌を懐にしまったその時、

「お役人さま」

後ろから呼ばれた。

くるりと体を回して、秀太は絶句した。なんと今頭に浮かべていたその娘が、立っているではないか。小づくりだが、あどけない丸い顔をしている。

「私、矢倉屋さんでお世話になっている、おぬいと言います」

と女は名乗った。

「おぬいさん……」

どきどきしながら聞き返すと、

「はい。お聞きしたいことがあって……」

おぬいは急いで手提げの中から一枚の紙を取りだして秀太に見せた。

武士の人相を描いたものだった。目がきりりとしていて口も引き締まっている、と見た。

「この顔を見たことはございませんか。お役人さまは毎日こうして、あっちの橋、こっちの橋と診てまわっていらっしゃるのでしょう?……橋を通る人もたくさん見る筈《はず》です」

「しかし、これだけではなあ」

「私が描いたものですから、あまりうまく描けてはいませんが、歳は二十八、背が高いです。浪人をしていると思います」

おぬいは、浪人という言葉を慌てて付け足した。

「さあ、似たような浪人はごまんといるからな。名はなんというのだ」

「伊吹吉之進《いぶききちのしん》です」

「伊吹吉之進か……」

「私、もうすぐ、ええ、この年の暮れには田舎に帰らなければなりません。それまでおよそひと月、もう時間がないのです」

おぬいは困り果てた顔をした。矢倉屋に世話になるのは半年という約束で、兄を説得して江戸に出て来たらしかった。

兄というのは越後《えちご》国で呉服屋を営んでいるという。真剣な顔で訊ねるおぬいには、よほどの理由があるようだった。

「そうだ、たずね人に出してみてはどうだ……知り合いの読売屋を紹介するぞ」

「読売屋……」

「時々頼まれて伝言や広告を出すことがある。だめでもともとだが、その気があるなら紹介するぞ」

秀太は、思いがけない話を聞き、驚いているおぬいの顔を見た。

その時だった。

平右衛門町《へいえもんちょう》の番屋の小者が走って来た。橋のことで秀太もたびたび平七郎と立ち寄っているから、よく知った矢八《やはち》という男だった。

「平七郎さまは……」

矢八は駆け寄って来て訊いた。

「もうすぐ来る筈だが、なんだ」

「死人です。河岸に積んである薪《まき》の束のところで見つかりました。新し橋の近くです」

小者は秀太を西側の欄干《らんかん》に促《うなが》して、新し橋の方を指した。

新し橋近くの河岸には、冬になると薪の荷揚げが一段と多くなる。山と積まれた薪が二列、河岸に帯を作っているほどだ。

死人はその薪の山の真ん中辺りで、薪を取りに来た車力《しゃりき》によって発見されたというのであった。

「よし、行こう。神田川両岸の積み荷は橋廻りの領分だ」

秀太は意気込んで言った。

「お願いします、死人は浪人のようでした」

「浪人……」

秀太はちらとおぬいを見た。

おぬいはたちまち反応して、

「一緒に行ってもいいですか」

「駄目だ、若い娘さんが見るものじゃない。もしもその人相書に似たところがあった時には知らせてやる」

「どうしたのだ」

秀太がそう言った時、平七郎がやって来た。

「丁度良かった、殺しです」

秀太は、手早く、今小者から聞いた話を告げた。

三

「橋廻りの立花さまだ。死体を運び出せ」

年長の小者が指図して、遺体は積み上げられた薪の束二列の間にある狭い空間から引きずり出された。

鼠《ねずみ》色の小袖に茶の袴、一本差しの浪人だった。刀も一緒に放り込まれていたらしく、小者が体を横にして入り、摑《つか》んで来て死体の側に置いた。

平七郎は小者に手伝わせて遺体の傷を探していたが、

「これだな……」

喉にある傷を見付けた。

「秀太、見てみろ。これは相当の手練《てだ》れによるものだ」

「はい、でもあまり出血していないようですね」

「だから凄い。顎《あご》の下から刺す……危険を承知で相手の懐《ふところ》に飛び込まなければ出来ぬ技だ」

平七郎は、秀太を引き寄せて喉を突く真似をした。

「…………」

「それから、もうひとつ、殺されたのは夕べではないな。少なくとも二日は経っている。ひょっとして三日経っているかもしれんな」

言いながら死体の懐を探った。すぐに手を止めて懐から何か取り出した。

小さく畳んだ紙だったが、広げてみると半紙大の紙に刷った三色刷の錦絵だった。

『病』と背に貼り紙のある病人が助けを求めていて、『越中反魂丹《えっちゅうはんごんたん》』と書かれた袋を担いだ布袋《ほてい》が手をさしのべている。そして廻りの空白部分には、反魂丹、万金丹《まんきんたん》、万病丹、六神丸《ろくしんがん》、などと薬の名前が列挙されている。

「引き札ですかね、これは……」

秀太が首を捻《ひね》って、錦絵を見入っている。

「そうです、それは富山の売薬人が持ち歩いている引き札です」

ふいに声がして、男がやって来た。

紬の羽織と揃いの着物に、手には薄汚い集金袋をぶら下げている。

「どれどれ」

男は頼みもしないのに、平七郎の手から引き札を取り、

「これは江戸で刷ったものじゃありません。富山で薬商が刷ったものだ、間違いない」

さも自信ありげに呟《つぶや》いた。

「誰だ、あんたは……困るんだよ、いま調べているんだから」

「これはすみません。ですが、通りかかったら人殺しがあったと聞きまして、私の話も参考になるんじゃないかとやってきたんです。ああ、申し遅れました。私は日本橋

で絵双紙問屋を営む永禄堂の仙太郎といいます」

「何、永禄堂だと……」

秀太は驚いた。もちろん平七郎も驚いた。

永禄堂の仙太郎といえば、おこうに縁談を持ち込んだ当の本人ではないか。

「私をご存じとは光栄です」

「ふん」

鼻白む秀太を横目に、

「参考になる話とはどんな話か聞かせてくれ」

平七郎は仙太郎に訊いた。

「見たんですよ、この男が町人体の男を尾けていたのを」

「まことか」

「私はその時急いでおりましたからね、どうも様子がおかしいなとは思ったんですが……」

仙太郎は、一昨日の夕暮れ時に、佐久間町二丁目と三丁目との間を通る道から河岸通りに出たあたりから人に尾けられていると感じていた。

何気なく後ろを見てみると浪人者が尾けてくる。身に覚えがなくもなかった。問屋仲間で二派に分かれて激しくもめていることがあった。

つい先日の寄り合いでも、つかみかからんばかりに激した者が双方にいて、仙太郎たちが中に入っておさめたが、青二才がしゃしゃり出てと反発を買っているのは承知している。

しかし、浪人を傭《やと》ってまで後を尾けさせるかとなると、それはやり過ぎのような気がしていた。

様々考えながら足を速めたが、新し橋袂にさしかかった時、前を歩いていた男が急に折れて橋を渡り始めたのだ。

するとなんと、自分を尾けていたと思っていた浪人が、同じように橋を渡って前の男を追っかけて行くのが分かった。

ほっとして胸をなで下ろしたが、妙に胸騒ぎがした。

しばらく歩いた頃、向こうの河岸で金属の打ち合うような音がしたのを聞いた。

一度立ち止まって振り向いたが、仙太郎はそのまま行き先に向かった。

「浪人には不穏なものを感じていましたから、あれは空耳で何でもなかったんだと言い聞かせながら、一方で、いやひょっとしてと、いろいろ想像をめぐらせていたところでした」

ところが今日通りかかってみると役人がいる。それで気になって来てみたんだと仙太郎は言った。

「当夜のことだが、前を行く男の顔は見なかったのか」

平七郎が訊いた。

「見ていません。後ろ姿ですからね。それに半月で薄雲がかかっていましたから……」

「本当に町人だったのか」

「身なりはそうでした」

「荷物をしょっていたとか……」

「いえ、手ぶらでした」

「そうか……いや、ありがとう」

礼を述べた平七郎に仙太郎は言った。

「旦那、旦那は立花平七郎さまでございますね。親父から聞いています。お父上のご活躍を……」

「何……」

驚いて見返すと、仙太郎はそれだけ言って、さっさと踵《きびす》を返して帰って行った。

「何だあいつ、気取りやがって」

秀太が仙太郎の背中を見送りながら言った。

「何だ話というのは……」

左馬助は、膝に抱いていた娘を妙に渡すと、平七郎と秀太を客間に誘《いざな》った。

「ここに来ている富山の薬売りのことだ」

「伝蔵と吉兵衛のことだな」

「そうだ……」

平七郎は懐から、殺されていた浪人が持っていた薬の引き札を出して左馬助の前に置いた。

「これがどうかしたのか？」

引き札を見た左馬助は、怪訝《けげん》な顔を上げて平七郎の顔を見た。

「殺しがあったのだ。殺されたのは浪人者だが、その者の懐にこれがあった」

「だから、あの二人を疑ってやって来たという訳か」

「いや、いろいろ話を聞きたいと思ったのだ」

「しかし、殺された者が持っていただけで、富山の薬売りが関係しているとはいえんだろう」

「もちろん」

　すると、側から秀太が言った。

「今はそれしか手がかりがないんです」

「あの薬売りたち、宿はどこか聞いていないか」

　平七郎が訊いた。

「確か馬喰町《ばくろちょう》の旅籠《はたご》だと言っていたな。公事宿《くじやど》を借りていると」

「宿の名は？」

「おい、そんなにせっつくな」

　左馬助は、お茶と菓子餅《もち》を運んで来た妙に訊いた。

「宿の名ですか……確か、そうそう、加納《かのう》屋さんと言っていたような」

　妙が答えた。

「加納屋」

「ええ、その宿は年契約で借りていて、お国から送って来るお薬も置いているようでした。ただ……」

　ずっとその宿という訳ではない。拠点としていて、例えば川向こうの本所《ほんじょ》や深川を回る時には、古くから決まった家や旅籠屋に泊めてもらっているのだと妙は言った。

「すると、今馬喰町の加納屋にいるとは限らないんですな」

「ええ、ですからその平七郎さまがお持ちの引き札などは、そういう方たちに配るのではないでしょうか」

妙は首を傾げ、平七郎が持参した引き札とは別の、伝蔵から貰ったという『おまけ』と刷られた紙片を薬箱から持ってきて見せてくれた。

錦絵で『瀬田《せた》の唐橋《からはし》』と題した三色刷のものだった。

紙の質は悪かった。だが引き札と同じ紙だった。

「伝蔵の話では、御府内で配るのは、こうした上方の絵だとか西国の絵が多いが、西国や上方に配るのは、こういった錦絵が多いということだ。売薬人といったって全国二千人ほどが回っているらしいからな。ただ、おぬしが持ってきたその引き札は見たことがないな」

左馬助は言い、妙と頷きあった。

平七郎と秀太は、左馬助から瀬田の唐橋の絵を貰って道場を出た。

「平さん、全国二千人の売薬人がいるとは驚きましたね。そういえば、うちの実家にも来ていたような覚えがあります」

久松町の道場から浜町堀《はまちょうぼり》に出ると、秀太が思い出したように言った。

秀太は深川の材木問屋の倅である。何も同心にならなくても、生涯安気に暮らせるものを、定町廻りにあこがれて同心株を手に入れた変わり種だ。

秀太がいう通り、二千人もの薬売りが全国津々浦々《つつうらうら》に出向いているというのは驚きだ。

「ふふ……」

秀太は突然思いだし笑いをした。

「何だ、何を笑ってるんだ」

平七郎は、秀太の視線を追った。

秀太は、浜町堀に舞い降りた都鳥の群れを見ていた。この時期になると毎年堀のあちらこちらで見られる光景だ。

だが、秀太が笑ったのは、都鳥ではなかった。

「おぬいって娘のことですよ。私が柳橋に出向くと、いつも窓から見ていたものですから、てっきりね」

「気があると思ったのか」

「はい。ですが違いました。あの娘は人を捜していたというのですから……」

平七郎も笑った。

秀太は、おぬいが捜しているという伊吹吉之進という浪人者の話をした。

「あの娘が描いた人相書からすると、さっきの死体は別人でした。でもあの娘の頼みを放っておくのも気になります。ですから私は、あの娘をおこうさんのところに連れて行ってやろうかと思っています」

ちらと平七郎の横顔を見た。

「そうか、それなら俺は馬喰町に行ってみるか」

平七郎は言った。

「…………」

秀太は他にも何か言いたそうな顔で平七郎を見た。だが黙って歩いた。

――悩んでいない訳がない。

秀太は平七郎が物言わぬとも感じていた。

――あんな野郎が出てこなければ。

そう思ったが、考えてみれば、おこうほどの美貌なら、妻にと思う男は多い筈だと納得する。

なにしろ秀太自身が、平七郎におこうを初めて紹介してもらった時、心を奪われそうになった記憶がある。

——平さんがいなきゃあ、私だって名乗りを上げていたかもしれない。

秀太は思わず苦笑した。

「おい秀太、お前、今日は変だぞ」

平七郎は笑った。

四

秀太がおぬいをおこうの店に連れて行ったのは、その日の夕刻だった。

「人探しですか……載せるのはいつでも、おっしゃって下さい」

おこうは言ったが、すぐに、

「但《ただ》し、何故そうまでして捜しているのか訳を教えていただけますか。読売に載せるにはこちらとしても納得して載せたいのです」

それが一文字屋のやり方だと言った。

「訳ですか……」

おぬいは困った顔をした。

「それはそうでしょう。載せるからには一文字屋としても責任がある訳ですから。無責任な記事は載せられません」

「…………」

おぬいは逡巡しているようだった。

躊躇《ため》い顔のおぬいに、おこうは言った。

昔父親がやっている時代のことだが、上方から来た商人に妻を捜したいと人探しの記事を望まれた。

深い事情も聞かずに人相書つきの記事を載せた。妻はまもなく見つかった。住んでいた隣人が知らせてくれたものだが、妻は夫に見つかったと知って自殺してしまったのである。

自殺したと聞いた後で事情を聞いてみると、非は夫のほうにあったのだった。

暴力の止まない夫に愛想をつかして妻は家を出ていたのだが、実は夫は養子だった。妻の親戚から、妻と一緒に暮らしていないのなら家を出るように言われていた。

店の財産のことを考えれば追い出されるのはいかにも悔しい。それで妻を捜して連れて帰ろうと思ったらしいが、妻のほうはそれが死ぬほど嫌だったのだ。

おこうの父親は後悔した。それ以後、人探しの記事の掲載は慎重に確かめるようになった、とおこうに言っていたのである。

だからおこうも、これまでに出して来た人探しの記事は、きちんと自分の耳で話を聞いてから判断を下していた。

「分かりました。お話しします。人様に話せば姉の恥も話さなければなりませんが、私ももう時間がございません」

おぬいはそう前置きして語り始めた。

おぬいは、越後国田村《たむら》藩五万石の城下で呉服商を営む越後屋治兵衛《じへえ》の二女として生まれた。

おぬいには二つ上のおゆきという姉がいた。

おゆきは同藩の馬廻り役伊吹吉之進と想い想われる仲だったが、身分の違いを考えれば成る話ではない。

とはいえ越後屋は藩を支える有力な商人の一人、まもなく勘定所の下役黒岩典五郎《てんごろう》から結婚を申し込まれる。

勘定所と商人は切っても切れない繋がりがある。話は組頭からきて、おゆきの父親は断ることが出来なかったのだ。

おゆきは、右筆の菊島三郎左右衛門《きくじまさぶろうざえもん》の養女となって典五郎に嫁した。

ところが二年前のこと、おゆきは伊吹吉之進と密会しているところを目撃されて、激怒した典五郎に斬り殺されたのだった。

そして黒岩典五郎は密会の相手吉之進の成敗も上司に訴え出たのである。

直後に吉之進は藩を出奔、最近になってその吉之進を柳橋で見たという噂を聞いて、おぬいは反対する父の手を振り切って江戸に出てきたのだという。

矢倉屋の主は、越後屋が江戸に出て来た時の滞在先になっていて、それでおぬいの面倒をみてくれているのであった。

「でもすぐ国に帰らなければなりません。父親が病で臥せっています。もう時間がないのです」

おぬいは、縋《すが》るような目でおこうに訴えた。

「…………」

おこうはしばらく考えていたが、

「おぬいさん、伊吹吉之進を見付けたら、どうするつもりですか」

険しい目でおぬいを見た。

「姉の敵《かたき》をとりたいのです」

「敵を……」

おこうは首を傾げて訊いた。

「おぬいさん、あなたは姉さんを斬った義兄《にい》さんを怨《うら》んでいるんじゃないですか」

「いいえ」

おぬいはおこうに最後まで言わせずに強くかぶりを振った。

「姉は吉之進にたぶらかされてあんなことになったのです。それなのに、不義の汚名を姉一人にかぶせ、自分だけ逃げたんです。許せません」

おこうはおぬいの思いに圧倒されて黙りこんだが、やがて思い直して言った。

「あなたは剣術が出来るのですか……それとも金に飽かして殺し屋を傭うのですか」

「………」

おぬいは俯いていたが、顔を上げると、

「私には考えがあります。あの方は藩から追われる身です。藩邸に届ければ動いてくれます。それに、夫であった黒岩の兄さまも黙っていない筈です。兄さまも、今江戸におりますから」

「万が一、自分の命を落とすかもしれませんよ」

「覚悟しています」

おぬいの決意は固かった。

「分かりました、お引き受けします。敵の人相風体を教えて下さい」

おこうの言葉に、おぬいは持ち歩いていた人相書をおこうの前に置いた。

そこに平七郎が入って来た。

「平七郎さま」

おこうが、平七郎の出現に少しどぎまぎしているのが秀太には分かった。

一方の平七郎も、少しぎこちなく見えたが、そこは黒鷹と呼ばれた定町廻り、すぐにおこうの手にある人相書に気付いて取り上げた。

「おやっ」

平七郎は頭を傾げた。

「まさか、平さん、知っているんですか」

「ううん、どうも富山の薬売りの吉兵衛に似ているのだ」

ちらと秀太を見た。

「吉兵衛……まさか」

秀太が驚いて人相書を取り上げた。じっと見たのち、おこうとおぬいの顔を見た。

「ほんとだ、そういえば……」

するとおぬいは叫ぶように言った。

「きっと名をかえて生きてきたんです。どこで会いましたか、吉兵衛という人に？」

「吉兵衛がどうかしたのか」

平七郎は怪訝な顔で訊いた。

「姉の敵です！」

強い口調でおぬいは告げた。

「いや、まず、吉兵衛だが……」

平七郎は、秀太からひととおりの話を聞き終わると、茶を飲み干してから皆を見渡した。

秀太におこう、おぬいが息を飲んで平七郎の言葉を待っている。

「川越《かわごえ》に用事が出来て出向いたそうだ。宿に帰って来るのは四、五日後だろうと、これは馬喰町の宿、加納屋が言っていたことだ。そして伝蔵は今深川を回っているそうだ。明日にでも深川の宿を訪ねてみようと思っている」

「おぬいさん、どうします……読売に出さずに少し様子をみたほうがいいのではありませんか」

おこうは言った。

「そのほうがいいな、用心したほうがいい。よし、今日はこれで送っていこう。矢倉屋が案じているだろう」

秀太が言ったその時、辰吉が血相をかえて帰って来た。

「平さん、また殺しですよ」

「何、何処だ」

「竹森稲荷《たけもりいなり》です」

「亀井町《かめいちょう》か」

立ち上がる平七郎に、辰吉が、

「亀井さんたちが現場に来ていたんですが」

「何……」

あの連中とまたやり合うのかと、うっとうしい気分になって腰を落としかけると、

「殺された男は、富山の薬売りの引き札を持っていたんです」

辰吉のひとことに、平七郎は秀太に頷くと、一文字屋を出た。辰吉もついてきた。

三人が竹森稲荷に着いた時には人影はなかった。

すぐに亀井町の番屋に向かうと、亀井と工藤が遺体の側で、若いちんぴらに話を聞いていた。

「立花、おぬしも一緒に聞いてくれ。辰吉の話じゃあ、今探索している殺しの一件、そいつも引き札を持っていたというではないか」

やけに下手に出た物言いの亀井である。工藤も卑屈な笑みをみせて頷いている。なにしろ二人の首が繋がったのは平七郎のお陰である。ご落胤事件の手柄を、平七郎は二人に譲ってやったのだ。

すると工藤が、ちんぴら風の男を顎でこなして言った。

「こいつは、両国《りょうごく》の芝居小屋で木戸番をしている男で名を竹蔵《たけぞう》というらしいが、殺されたこの男は兼松《かねまつ》という遊び人だというのだ」

「ほう……どこで知り合ったのだ」

平七郎は、竹蔵の側にしゃがんで訊いた。

「博打場《ばくち》で……へい、回向院門前の、そこにあっしも時々遊びに行ってますので」

「何故この死人を知っていると申し出たんだ……お前に不利になることだってあるんじゃないのか」

「あっしはこいつに金を貸してます。こいつには武家の妾《めかけ》になった姉がいると聞いていやす。その姉から貸した金を返して貰わねえことには腹の虫がおさまらねえ」

「そうか、よし、話してくれ。お前がこの男について知っている全てをな」

「へい」

竹蔵は、神妙に頷いた。

兼松と知り合ったのは半年ほど前のことだった。

回向院前の賭場で負けが込み、くさくさしていた時だった。

兼松が木戸にやって来て、儲け話があるが、手を貸してくれないかと誘ったのである。

それまでに竹蔵は、兼松に博打場で一両二分の金を貸していた。

いや、貸していたというより、恐喝されてとられたようなものだった。

なにしろ兼松の口癖が、

「俺の姉貴はさる藩士の妾だ。そいつは金を持っている。こんなはした金、いつでも返してやらあ」

そううそぶいていた。眉唾ものだと思いながらも、せびりとられてきたのである。

だが返してくれたためしはなかった。

そのあげくに今度は、仕事を手伝ってくれたら、手間賃五両の他に、借りた金は倍にして返してやると言ったのだ。

竹蔵はその話に乗ったのである。多少やばい話かなとは思っていたが、兼松の言った仕事というのは、人ひとりを殺してくれというものだった。

竹蔵は仰天した。自分には出来ないと断ると、殺しは一人でやるんじゃねえ。仲間がいる。その仲間とやってくれればいいというのであった。

殺しの仕事料は、兼松が払うのではない。確かな信用出来る人が払ってくれる。

兼松はそう言ったが、恐くなった竹蔵は翌日から木戸に座るのを止した。知り合いのところに転がり込んで、兼松の目から逃れようとしたのである。

「ですが、あっしも腹も減れば酒も飲みてえ」

両国にやって来たところで、人混みの中に兼松を見た。

なんと兼松は、町人を尾けていた。兼松は殺気だっていた。

竹蔵は稲荷の近くまで尾けたが、そこから引き返した。怖くなったのだ。

「ですが旦那、今日の夕刻稲荷の前を通りかかったら旦那がたがいるじゃあありやせんか。やっぱりなにかあったんだって、それで覗いて……殺されたのが兼松だと分かったんでございやす。兼松は相手を殺そうとしたんだろうが、逆に殺されちまったってことだと思いやす」

竹蔵は言った。

竹蔵の話が終わると、亀井が布袋の絵がある引き札を出して平七郎に渡した。

「兼松の懐にあったものだ」

「平さん！」

秀太が驚きの声を上げた。

「裏を見てみろ」

工藤が促す。ひっくり返すと、武家の顔が描いてあった。

おぬいが描いた男とよく似ていた。

「竹蔵、お前は、兼松が尾けていた男の顔を見たか？」

平七郎は訊いた。

「いや、後ろ姿だけでした」

「武家じゃなかった、町人だったんだな」

「へい、袖無し半纏を着ていやした」

五

先刻から平七郎は、文机の上に引き札と二つの人相書を並べて見ている。ひとつは、おぬいがおこうのところに持ち込んだ伊吹吉之進の人相書、そうしてもうひとつは、殺された兼松の懐から出てきた人相書だ。二枚の人相書の男の目は、どう見ても同じ男のものだと思った。

目尻のきりりとした目鼻の整った男である。髷《まげ》は武家の髷だが、それを町人髷にすれば、左馬助の道場で会った、あの吉兵衛によく似ていた。

──やはり吉兵衛は伊吹吉之進なのか……。

吉兵衛が二人を殺したのか──。しかし何故だと思うのだ。

仮に二人を殺したのが吉兵衛だとしても、妻を寝取られたと言って典五郎が浪人や町人を刺客《しかく》にしたてて襲わせるというは、いかにも不自然な気がする。

女敵討《めがたきう》ちは通常、夫その人がやる。人を使ってやるなどと聞いたこともないし、そんな敵討ちを藩が認めるのかと思う。しかもおぬいの話では藩の者も手助けしてくれるとか言っていたが信じがたい話だった。

──吉兵衛に会わねば……。

組んでいた腕を解いたその時、小さな足音がして、

「旦那さま、灯をお持ちしました」

下男の又平が入って来た。

近頃又平は、ぼっちゃま、と呼んでいた言葉を改めて、旦那さま、と平七郎を呼ぶ

ようになった。

それだけで、いくつか歳を重ねた気分になるから不思議である。

ぼっちゃまと呼ばれようと、旦那さまと呼ばれようと、一家の主に変わりはないが、旦那さまと呼ばれてみると、妻《めと》を娶り家庭を持った男のような錯覚に陥る。

ふっと、おこうの顔が頭を過ぎった。

幼い頃に楓《もみじ》川にほたる狩りに連れて行ったが、その時には、おこうは平七郎のことを、平七郎のお兄ちゃまと呼んでいた。

それが、いつの間にか娘になって、平七郎さま、と呼ぶようになっている。

それに気付いた時から、平七郎はおこうを、女として見るようになっていた。

そのおこうに、縁談が持ち上がっている。おこうは平七郎には何も言ってはいないが、それだけに平七郎は自分の心が騒がしいのを覚えていた。

これまでにもおこうには縁談があった。だが、今回だけは違う。おこうが真剣に考えている証拠だと思っている。

なにしろ仙太郎という男、平七郎が見ても、親の脛《すね》を齧《かじ》って遊び回っているような男ではなかった。

仙太郎が身にまとっていた雰囲気は、白木《しろき》屋や駿河《するが》屋の支配人と呼ばれる番頭格の

格を備えていた。

　しかもその上に、堅実で押し出しの良い、一見奔放《ほんぽう》に見えるが大店の倅としての品格を備えていた。

　左馬助に話を聞いた時にはそうでもなかったが、実際に仙太郎に会った時から、平七郎はこれまでにない心の動揺を覚えている。

「しかし、よく似ておいでだ」

　又平の呟きがきこえた。

　いつの間にか部屋に入ってきたらしく又平は平七郎の顔を見て微笑んでいる。手には火箸を持っていて、火鉢の中の炭を整えているところらしい。

「お亡くなりになりましたお父上様に、そうして難しい顔をして考えておられるところなど、そっくりでございます」

「そうかな」

　平七郎は苦笑した。

「はい、生き写しでございます。難しい事件などの時は特にそうでございました。お母上様が話しかけられても上の空でございましてね」

「父上が？」

「はい、それでお母上様は、わたくしはいてもいなくても、よろしいのでございますねとおっしゃって」

「へえ、母上がそんなことを言ったのか」

意外だった。父と母の自分の知らない語らいを聞き、気恥ずかしくも嬉しかった。

「はい、まだお若い時でしたが……」

又平は笑って言ってから、

「これは内緒でございますよ」

口に指を当てて、母のいる部屋の方にちらと視線を走らせた。

又平はまもなく七十になろうという老人だ。長い間この家に仕えているから、そういった両親の昔のことも見て来たのだ。

「炭をお持ちします」

よっこらしょっと又平は立ち上がった。その腰が曲がっているのに、平七郎は初めて気付いた。

「又平、無理しなくていいぞ。俺がやるから」

だが又平は、

「随分冷えますから……今朝など、庭に置き忘れていた桶《おけ》に、厚い氷が張っていましたからね」

独りごちて部屋を出て行った。

どうやら又平は、耳も遠くなったらしい。

又平の負担を少なくするためには、妻を貰うしかないが、いや目の前の事件解決が先だと、平七郎はその思考を、殺された兼松に振り向けた。

あれから平七郎たちは兼松の姉おみさの居所を突き止めている。断片的な竹蔵の記憶を辿《たど》って探し当てたのだが、姉のおみさは、明神下《みょうじんした》の金沢町《かなざわちょう》の仕舞屋《しもたや》で暮らしていた。

兼松の死を知らせるとおみさは泣き崩れた。悪に足を踏み入れた弟でも、やはり血の繋がった姉弟だ。

だがおみさは、兼松が何をしていたのか一切知らないと言ったのだ。

そのおみさの家を、秀太と辰吉は、もう二日も張っているのだった。

見張りは、向かいにある下駄屋の二階を借りたが、なにしろこの下駄屋の内儀でおつねという後家が、何かと二人の世話を焼く。

「お寒いでしょ。どうぞこれをお使い下さい」

などとおつねはあんかを持ってきてくれたが、その後も、ほら食事だお茶だ、餅菓子だと、二人が居る二階にちょくちょく顔を出す。正直緊張感が途切れて困っていた。

四十も半ばだが、肌はまだ艶々していて、太り気味の肉体からは芬々《ふんぷん》とした色香を発散する。

捕まったら押し倒されそうな恐怖に怯《おび》えながら、二人はおみさの家の戸口を張り続けた。

「時々ね、お武家様がやってきますよ、そしたら戸に鍵かけて、御用聞きが来たって居留守を使うんです。まったく、いやらしいったら、ありゃしない。ここら辺りじゃ鼻つまみものですよ」

おつねは、あまりおみさのことは、よく思っていないようだった。

「ああ、やだやだ、まだ女郎時代の習慣が体に染みついちゃって、いつも顔は白塗りなんだもの、下品だったらありゃしない」

そうも言った。

勝ち気な女で気性も激しいために、女中が初めのうちは来ていたが、二、三人も替わったところで、おみさは近頃では自分で掃除や食事の支度をしているらしかった。

「そうそう、ご浪人が来たのも二度ほど見ましたね」

おつねは、そんな話を、二階に顔を出すたびに話して行くのである。

おつねの色気には辟易《へきえき》している二人だったが、いろんな情報を差し入れてくれるのはありがたかった。

「あんかを入れてくれたのはいいが、眠いな。交代で少し寝るか」

秀太がごろりとなった、その時、

「旦那、それどころではありやせんぜ」

辰吉が窓辺に寄って秀太を手招いた。

おみさの家の軒下に、武家と中間《ちゅうげん》が立っていた。

戸が開いて、女が顔を見せた。

「おみさだ」

辰吉が言った。

弟の兼松の死を報せに行った時とは打って変わって、おみさは体をくねらせるようにして武家の手を取った。

「あれが旦那だな」

「らしいな」

辰吉の言葉に秀太は相槌《あいづち》を打って、

「辰吉、お前は、あの中間に近づいて訊きだしてくれ」

秀太は急いで財布を取り出し、辰吉に一朱金を渡した。

「旦那、よろしいんですか」

「いいとも、くれぐれも主の眼を盗んでな」

そして、もう一朱を更に渡して、

「居酒屋に誘ってみろ。遠慮するな」

実家が材木問屋の秀太は、平七郎や辰吉より懐は温かい。

「で、旦那は?」

「決まってるじゃないか、ここで眼を皿にしてだな」

「旦那、居眠りしないで下さいよ」

辰吉は憎まれ口を叩いて階下に降りて行った。

武家がおみさと家の中に入って行くと、中間は仕舞屋を後にした。

辰吉がその中間を追って行くのを見届けて、

——何が居眠りだ。

出来る訳がないじゃないか。なにしろ一人でこの二階にいるのだ。居眠りなどしようものなら、階下の後家が何時来るかもしれないのだ。

秀太は、あんかを向こうにやって窓辺に座った。

「さむいな……」

秀太は震えながら、差し向かいの家の中の灯りを見詰めた。

一方の辰吉は、おみさの家から引き返した中間を神田松永町で呼び止めると、近くの蕎麦《そば》屋に誘っていた。

むろん、中間の掌に、秀太から貰った一朱を握らせたのは言うまでもない。

「何だい、聞きたいことというのは……」

中間は怪訝《けげん》な顔で言った。

「先ほどまでお供をしていたお武家のことだが、あっしが三年前に助けて頂いたご恩のある方ではねえかと思いましてね」

辰吉は如才《じょさい》なく、蕎麦屋の女将《おかみ》が運んで来た酒を勧めながら、中間の顔を見た。

「三年前……」

「へい、両国でちんぴらに囲まれて巾着を取られるところを助けて頂いたんです。ですがその時は、名前も聞けずに別れました。ずっと気になって、今度お会いした時には、きちんとお礼を申し上げなきゃ、そう思っていたんでございやす。そしたら、さっきあの下駄屋からふと覗くと……」

「ちょっと待ちな、お前は勘違いをしているんじゃないのか」

「えっ……」

大げさに驚いてみせる辰吉に、中間は気の毒そうな顔で言った。

「第一だな、三年前にうちの旦那さまは江戸にはいなかったんだ、まだ国元においでだった」

「本当ですか」

「嘘を言ってどうする」

「すると、お国はどちらで……お名前は……」

「越後国田村藩の勘定組頭、黒岩典五郎さまだ」

「黒岩典五郎さま……」

辰吉は頭を傾げてがっかりする様子をしてみせたが、胸の中は騒いでいた。

田村藩の黒岩典五郎といえば、おぬいの姉おゆきが嫁いだ男で、自身の手でおゆきを成敗した男だ。

「せっかくおごって貰ったが、がっかりさせちまったようだな」

中間はすまなさそうな顔をしたが、酒は今のうちにと思ってか、ぐいぐい呑んだ。

「いいってことよ、あっしも聞いてすっきりいたしやした。人違いじゃあ仕方がねえ。どうぞ、遠慮なくやって下さいまし。気持ちよくお話しして下さったお礼でございやす」

辰吉は中間の盃に酒を注いだ。

六

「中間が辰吉に言ったことは真実だと思います。私もおみさの家から出て来た武家を尾けてみましたが、下谷《したや》の七軒町《しちけんちょう》にある越後田村藩の上屋敷に入って行きましたからね。黒岩という男、眉毛の薄い切れ長の目をした男でした。背は高からず低からず、冷たい感じを受けましたが、やっぱり妾にだけは甘い顔をするんですね」

秀太は辰吉と見合って苦笑いを浮かべた。

秀太の頭には、玄関先でいちゃいちゃするおみさと黒岩の姿が浮かんでいる。

「黒岩典五郎という男は……」

平七郎は、皆の顔を見渡した。

「ずいぶんと出世をしたものだな。おぬいから聞いた話では、黒岩は勘定所勤めだと言っていたが平役だった筈だ。それがいまや組頭だ。しかも藩主の供をして江戸に出て来たのか、或いは定府勤めになったのかは調べてみないと分からぬが、妾を囲える身分にまでなっている。いわば、藩内では万年下士だった家の者が、上士の仲間入りをしたということだ」

黒岩は破格の出世をしているのだった。

「本当にお内儀のおゆきさんに愛情があったのかしらね」

ぽつりと言ったのは、おこうだった。

「さあ、それはなんとも言えぬな。当時の黒岩が妻に愛情がなかったとはいいきれぬ。全ては内儀に不義をされ、自らの手で成敗せざるを得なかった苦しさと寂しさゆえだ……黒岩はそう言うかもしれぬぞ」

「そんな都合のいい言い訳は、女の私には納得出来ません」

おこうは強い口調で言った。

一同が集まっているのは一文字屋の店の中だった。例の引き札と人相書は皆の前に広げてある。

奥の板の間では、明日売り出す読売を、二人の摺り師が腕をまくり上げて摺っていて、つい最近見習いで入った豆吉《まめきち》という少年が、二人が摺った読売を、部屋に渡した紐につり下げていた。

「おこうさんの言うのも頷けるが、黒岩はやはり本気で女敵討ちを考えている。だからこそ兼松に、伊吹吉之進こと吉兵衛の殺しを頼んだのでしょう」

秀太は、人相書の男を指さして言った。

「でも、やっぱり私には、腑《ふ》に落ちません」

おこうは異議を唱えた。

「なぜ、黒岩典五郎は、浪人やちんぴらを使って女敵討ちをしようとしているんでしょうか。妻を本心で愛していたのに裏切られた怨みというのならそんな方法をとるでしょうか。それとも、愛情などなかったが、侮辱されたという男の意地でしょうか」

「…………」

おこうの勢いに圧倒されて、秀太は口をつぐんだ。

「自分は妾の家で過ごしていて、人を使って女敵討ちをしようなんて、真心というものが感じられません。男じゃありません。武士の風上にもおけない人です。そんな話は聞いたことがありません」

おこうは厳しい口調で言った。

「ふむ……」

平七郎は、深いため息をついた。

一昔前には、女敵討ちも時々見受けられたと聞いているが、しかし考えてみれば、妻を寝取られた男など不甲斐《ふがい》ないと言われても仕方がない。自分にそれだけのものが備わっていないから、愛想を尽かされたともいえるのだ。

それに、これまで聞いた話の中には、女敵討ちを決行したが相手の腕が勝っていて返り討ちにされ、武士の面目を傷つけられ、恥をさらし、家は断絶となった者もいる。

言うはやすし、行うは難《かた》しだ。

近年は家の恥を外に漏らすよりは、内々に話を付けて離縁し、実家に帰す武士のほうが多いのではないか。

そんな時世に、浪人ちんぴらを使ってまで姦夫を殺そうというのは、理性を見失って、ただ情動に走る、武士としての資格に欠ける人間だと思われてもしかたがない。

公になれば、せっかく上り詰めた上席から滑り落ちるやもしれないのだ。

「黒岩という男、腕に自信がないのじゃないか」

秀太が言ったが、すぐにおこうは反論した。

「そうかしら、自分の命を賭けてでも女敵討ちをする、それなら分かりますが、黒岩典五郎という人には、そういう気概は感じられません。本当に不義をされたとしても、私は同情できません」

「………」

秀太はまた、黙ってしまった。どうも今日は旗色が悪いようだ。

「平七郎さまは、どう思われますか」

おこうが、きらと平七郎を見た。

「うむ」

顔を向けた平七郎から、すっとおこうは視線をそらした。

平七郎は素知らぬ顔を装ったが、驚くほど心の中が騒いでいた。

おこうの態度は、明らかにこれまでとは違っている。平七郎の意向に挑むようで、口の中に針をふくんでいるように思える。

平七郎はことさらに平然として言った。

「俺もおこうと同じ考えだ。ただ、考えられるのは、何か事情があるのかもしれぬな。黒岩の周辺をもう少し当たってみることだな」

おこうはそのひとことで納得したようだった。秀太が慌てて首を横に振った。

「平さん、明日は報告日ですから私は駄目です」

そして顔を辰吉に向けると、

「辰吉、お前一人で頼むぞ」

「あっしがですか……」

辰吉は渋い顔で平七郎を見た。

「嫌なのか」

平七郎に訊かれて辰吉はもじもじしている。

「だって、下駄屋の後家に犯されるかもしれません」

「誰が……」

「ですから、あっしが……」

「何を馬鹿なことを言ってるんだ。俺が見張ってもいいんだが、俺は俺で行くところがあるのだ」

「辰吉……」

おこうも睨んだ。

「分かりましたよ、行きゃあいいんでしょう、行きますよ」

辰吉はおこうの一声で、やけっぱちの声を上げた。

富山の薬売りの伝蔵が、宿にしている深川恵林寺《えりんじ》の宿坊に戻ったのは、日が暮れてからだった。

平七郎は宿坊の外で伝蔵を待っていた。

背中に大きな風呂敷包みをしょった伝蔵は、黙々と足を力強く踏みしめて帰って来た。

「伝蔵、だったな。覚えていないか」

平七郎が待ち受けて訊ねると、

「立花、平七郎さまでございましたね」

伝蔵はすぐに答えた。

「お前さんに少し聞きたいことがあって来たのだ。どうだ、近くの蕎麦屋で一杯やらないか。俺が奢ろう」

「分かりました、荷物を置いてまいります」

伝蔵はにこりとして頭を下げると、宿坊に入った。待つほどもなく、伝蔵は出て来た。

「朝の食事は出るのですが、夜の食事は外でとることになっています。こちらも帰る時刻が定まっておりませんので」

伝蔵は、人なつっこい顔で言った。

蕎麦屋は寺の向かい側の通りにあったが、結局、海辺橋を渡って伊勢崎町の煮売屋に入った。

平七郎も腹を空かしていたし、伝蔵も蕎麦ではなく、飯を食べたいと言ったからだ。

芋や大根を煮込んだ物、鯖《さば》の塩焼き、漬け物とご飯を頼むと、一本ずつ取った銚《ちょう》子《し》の酒を互いの杯に注いで、まずは喉を潤した。

「吉兵衛のことですか」

杯を置くと、聞くまでもなく伝蔵のほうから訊いてきた。

伝蔵は馬喰町の旅籠加納屋から、平七郎が宿に訪ねて行ったことを、聞いていたようだ。

「そうだ、これを見てくれ」

平七郎は、懐から引き札と人相書を出し、伝蔵の前に並べた。

「ここに描かれている男は、越後国田村藩の伊吹吉之進というらしい」

「………」

「不義を犯して国を出奔しているようだが、どうやら命を狙われているようだ」

平七郎は、伝蔵の反応を窺いながら話を進める。

「ところがこの男が、お前と同道している吉兵衛とよく似ているとは思わないか……それでお前を訪ねてきたのだ」

「立花さま」

聞き終わると、伝蔵は人相書から顔を上げて平七郎を見た。神妙で険しい顔だった。

「宿の加納屋から連絡を貰った時から、立花さまには吉兵衛のこと、お話ししなければと考えておりました。吉兵衛のためにも、私が知っていることを全てお話しします……」

伝蔵は平七郎の顔をじっと見た。

平七郎はその視線を重く受け止めた。深く頷いて伝蔵の目をとらえた。

「かれこれ二年前になりますが、郷里の越中城下の店を出た私は、町外れの橋の袂で雪の中に埋もれるように倒れている武家に出会いました……」

雪はここしばらく降ったり止んだりで、でも解けてなくなることはなく、日増しに積雪の量は多くなる、そんな頃だった。

伝蔵はしゃがんで武家に呼びかけたが、ぴくりとも動かない。

——弱ったな……このままでは死んでしまう。

伝蔵は武家を抱き起こして胸に耳を当てた。弱々しいが心の臓の音が聞こえた。体温もまだ残っていた。

ぐったりとした顔を改めて見ると、まだ若く、端整な顔立ちをしていたが、月代《さかやき》が伸びて、顔の色は青白かった。

伝蔵は町駕籠《かご》を拾って武家を乗せた。見過ごすことは出来ないと思った。

どこの国の武家かはしらないが、富山の薬売りは、全国の津々浦々、ほとんどの国に入り売薬の業を生業《なりわい》としている。

通常なら、どの藩も他藩の者が入り込んで商いをするなど許されることではなかったが、富山の薬売りに関しては、それを許可してくれていた。

しかしその分、富山の薬売りたちは、誠実に顧客との関わりを持たなければならなかった。

どこに行っても怪しまれぬように、信頼されてこそ薬は売れる。薬売りたちは信用を得るために、先人たちがそれまでに積み上げてきたものを大切にしてきた。

それもこれも、受け入れてくれている人たちのおかげだ。

行き倒れの武家を助けることなど当然で、越中では特に病で倒れた旅人には手厚い手当てをしてやることが当り前になっている。

薬売りの精神で、伝蔵はなんの躊躇いもなく、武家を住まいに連れて帰り、薬湯を煎《せん》じて飲ませた。

「こういう時期で丁度良かった」

伝蔵は手当てを終えると、恋女房のおまさに言った。

「おまさ、しっかり滋養のつくものを食べさせてやってくれ。しばらくは薬膳がいいな」

伝蔵はおまさに、店に出ている間の看病を頼んだ。

越中の薬売りが国を出て販売にあたるのは、主に春と秋である。冬は丸薬を作ったり、薬を入れる袋を揃えたり、『懸場帳《かけばちょう》』という顧客一人一人との取引を書き込んだ帳簿の整理などをして過ごす。

来春の準備をする訳だが、家にいて、妻子と暮らせるのも、この時期だけである。

生死の境を彷徨《さまよ》っていた武家が、目を覚ましたのは。伝蔵が介抱を始めて三日目のことだった。

「恩に着る。忝《かたじけな》い」

武家は起きあがって、伝蔵と女房のおまさに頭を下げた。

「伊吹吉之進と申す。訳あって隣国越後を出てきたが、行く当てもなく、ふらふらと紛れ込んだようだ」

伊吹吉之進が明かしたのはそれだけだった。

「あんた、あの方、まさか悪いことをして逃げてきたんじゃないだろうね」

おまさは不安がって伝蔵に言った。

どこの国でも、犯罪者を家に泊めることは許されない。犯した罪の重さ、藩の決まりによっては、犯罪者を泊めた者は厳しく罰せられる。おまさはそれを案じているのだった。

「馬鹿、俺の目は節穴じゃない。大丈夫だ。あのお方は、悪いことをするような人じゃない。お前は余計な心配せずに、面倒をみてやってくれ」

伝蔵はおまさをいさめた。

実際薬売りとして多くの人に接触している伝蔵には、人相をひと目見ただけで、その者を見通す自信があった。

そうでなければ、置き薬を預け、半年一年後に薬の補充と精算。

お客との信頼関係の上に成り立っている商いだ。相手を見通す眼力は、他の商売人の比ではないと伝蔵は思っている。

話したくなければ話さなくてもいい。伝蔵はそう思っていた。

やがて新しい歳を三日後に迎える頃になった年の暮れ、吉之進はすっかり回復したと言い、伝蔵とおまさに改めて礼を述べ、暇乞《いとまご》いをした。

吉之進は血色も良くなり、月代のあとも青々として、見るからにりりしい武家姿だった。

「これから、どうなさるおつもりで……」

伝蔵は、吉之進の前に膝を折って訊いた。

「江戸にでも参ろうかと考えておる」

吉之進はそう言ったが、更に伝蔵が江戸のどこに行くのかと訊ねると、はっきりとした当てがある訳ではない、そう言ったのだ。

「老婆心《ろうばしん》でお尋ねしますが、当てがおありで江戸に行く訳ではないんですね」

「いや……」

思わず答えて、吉之進は暗い顔をした。大きく息をつくと、

「伝蔵さんには世話になったことだ。正直に申そう」

吉之進は決心したように、自分は追われている。そういう身だ。どこにも行く当て

などない浮浪の身だが、ここにこれ以上滞在して迷惑は掛けられないと言った。

「さようでしたか、私は何かあると思っておりました」

伝蔵は言った。

「不義の疑いを掛けられておるのだ」

「不義……」

伝蔵は驚いて、おまさと顔を見合わせた。

不義と言われれば、なるほど女にもてそうな人相だと思ったのだ。

「しかし、私はそんなことはしていない。悪計にはまったのだ」

吉之進は言った。短い言葉だが怒りが滲《にじ》んでいる。

二年前のことだ。

吉之進は道場で共に汗を流した黒岩典五郎が悪に手を染めていることを知った。

藩の商人が納める上納金で私腹を肥やしていたのだ。

吉之進は当時納戸役だったが、懇意にしていた油問屋からその話を聞いて調べ、証拠を握った。

丁度時を同じくして、典五郎の妻おゆきから相談を受けた。

おゆきは、夫の不正にうすうす気づいて、途方にくれて吉之進に会いに来たのだと言った。

「夫を助けて下さい」

おゆきは暗に、夫の不正の証拠を握った吉之進に、訴えは止めてくれと言いにきたのだった。

「誰であれ、不正は許されぬ。典五郎が自訴して悔い改めるのなら、私は証拠の提出を考えてもいい」

吉之進は、夫の不正を知った妻に、今からでも遅くない、自訴して悔い改めれば罪も軽い、まさかお家断絶にはなるまいと慰めて帰したのだが、この時二人が会っていたことが、数日後には典五郎の耳に届き、吉之進は不義者にされてしまったのである。

藩は不忠不義に厳しかった。

殿の近くに仕える身だけに、平然と勤め続けることは出来ないと考えた吉之進は、ひとたび出奔し、折をみて潔白を訴えればいい、そう考えたのだが、なんと典五郎は持てる金を使って刺客《しかく》を送ってきたのであった。

国境でその刺客たちと闘った吉之進は、這々《ほうほう》の体《てい》で越中に逃げ込んだのであった。

「それが私の事情です」

吉之進は話し終えると、耳を傾けている伝蔵の顔を見た。険しく苦悩に満ちた目の色だったが、曇りはなかった。

「伊吹さま、よく分かりました」

伝蔵は頷くと、

「私は伊吹さまを信じます。どうか行く当てがないのなら、暖かくなるまでここにいて、もう少し養生なさって下さい。この富山には他藩にはない、良い薬がございますから……」

寒風吹きすさぶ雪の中に、はいそうですかと送り出すことは出来ないと伝蔵は思ったのだ。

「しかし、迷惑がかかるやもしれぬ」

「悪いのは吉之進さまじゃない。いずれそれは明かされましょう。お国の状況が変わることだってある筈です。それまで、生きていなくては汚辱の疑いも晴れません。元気にお国に帰れるまで、ここで暮らせばよいではありませんか。私どもと一緒に暮らすのがご負担なら、別の家を借りて……そうだ、薬の内職をすればいい、そうすれば暮らしの心配もいりません」

我ながらいいことに気付いたと思ったが、

「ならば……」

吉之進は、膝を寄せると、

「私を仲間に入れてくれぬか、いや、伝蔵さんの弟子にしてくれ」

そう言ったのだ。

「これは驚きました……お武家さまが薬売りが出来ますか」

仰天《ぎょうてん》して聞き返した伝蔵に、吉之進は深く頷いた。

「私も町人の姿で薬を売る。ここでじっとしているよりはいい。ここに居座っていれば、そなたたち夫婦に迷惑をかけるのじゃないか、常に案じていなければならぬ」

吉之進の決意は固かった。その強い決意にほだされて伝蔵は首を縦に振ったのだった。

「立花さま……」

話し終えた伝蔵は、長い緊張からひとつ解き放たれたような顔をしていた。

「それからです。私の連れ人として、一緒に回るようになったのは……」

平七郎は頷いた。追われる男を匿《かくま》って守ってきた伝蔵の意志の強さに驚いていた。

「実はな、伝蔵……」

平七郎は伝蔵の盃に酒を注ぎ、自分の盃にも酒を満たしてから、自分が追ってきた事件の概要を話した。

それに吉兵衛が関わっているのではないかとの疑念も告げた。

「立花さま、確かにこの人相書の武家は、吉兵衛だと思います」

伝蔵は、はっきりと言った。

「ただ、今お伝えしました通りです。吉兵衛、いや、吉之進さまはまだ執拗《しつよう》に追われていることを知り、私に襲われたことを話してくれました」

「浪人のことだな」

「さようです。それで私は、吉之進さまをさるお方に匿って頂くよう頼んだのです」

「何、すると何か、馬喰町の宿では、川越に出向いたなどと言っていたが、違ったのか」

「はい、宿にも嘘をついておりました」

伝蔵は真剣な顔で言った。

「立花さま、あの方を助けて頂けませんでしょうか」

七

「何、いない……どこに行ったのだ」

平七郎は、門前に出て来た小僧に訊ねた。

「分かりません」

小僧は困った顔で言い、ちらっと舞い落ちる雪に視線を投げた。

光明寺《こうみょうじ》の境内には、七ツ過ぎから降り始めた雪が、うっすらと積もっている。

吉兵衛こと吉之進が、この新堀川東の小さな寺に匿われていると聞いたのは昨夜のこと、平七郎は昼には訪ねて来るつもりだったが、上役に呼ばれて夕刻になってしまった。

「いつ頃出かけたのだ？」

「半刻前までいましたけど……」

小僧は首を回して、庫裡《くり》の方を見遣《みや》った。

「どこに行くとか言っていなかったのか」

「はい。でも七ツ過ぎにお使いの方がみえていましたから、それで出かけたのではないかと思います」

「使いというのは……男か、女か……どんな人だったか覚えていないか」

「男です。町人でした」

小僧から聞き出せたのは、それだけだった。

――いったい誰が吉兵衛を呼び出したのか。

平七郎が知る限り、吉兵衛が光明寺にいるのを知っているのは、伝蔵と自分だけだと思ってる。

考えられるのは、外出した時に尾けられて居場所を知られた……それで呼び出されたか……。

――それとも、おぬいの依頼を受けた者か……。

光明寺を出たところで、ふと、姉の敵として必死に吉之進を捜すおぬいの顔が浮かんだ。

平七郎は新堀川伝いに御蔵前通りに出た。

広い通りには雪が降り始めたためか、人通りはまばらである。御蔵の前で役人が出たり入ったりしていたが、そこから米俵を積み上げた三台の荷車が出て来た。

一台に車力が四人ついている。三台とも道を北にとり、声を掛け合いながら轍《わだち》の跡を残して遠ざかる。

平七郎は右手に折れて柳橋に向かった。

神田川に架かる柳橋近くにある船宿の矢倉屋にいるおぬいを訪ねるためだ。さほどの距離がある訳でもないのに、矢倉屋の玄関に立った時には、平七郎の肩も足下も雪で濡れ、特に足下は凍り付くように冷たかった。

「えっ、伊吹吉之進さまは、やはりこの江戸にいたのですか」

平七郎に訊かれて逆におぬいは驚いた。

おぬいは、吉之進が吉兵衛と名を変えて薬売りをしながら、この江戸にいることを摑んでいなかったのだ。

「そうか、あんたが人を使って呼び出したんじゃなかったのか」

「教えて下さい。あのお方はどこにいるのですか」

血走った目でおぬいは訊いた。

「そのことでは、あんたにも話したいことがあったが、今日はそんな時間はない。いずれ話すが、おぬいさん、あんたは吉之進どののことを誤解しているのではないか」

「誤解……」

おぬいは、きっとした顔をすると、

「吉之進と会ったのですね。私にも会わせて下さい。姉が受けた無念を晴らしたいのです」

平七郎の袖を摑まんばかりにして訴えるおぬいの手を振り払って外に出た。だが、

「立花さま」

伝蔵が雪の中を近づいて来た。伝蔵は薬箱を背負ってはいなかった。

手に文を鷲《わし》づかみにしている。

「大変です。吉兵衛が私に文を寄越して……」

伝蔵は、平七郎に手にした文を見せた。

「薬が足りなくなって馬喰町の宿に戻ったんですが、吉兵衛から手紙が届いていたんです。私が馬喰町に戻ったら、渡してほしいと……」

伝蔵は、文字を追う平七郎の顔に言った。

平七郎は急いで読み終わると、伝蔵に文を返した。

吉兵衛からの文は、

黒岩典五郎が江戸にいることを摑んだ。奴と対決する。万が一帰れぬ時には、柳行李の底に忍ばせてある調査書一冊を、藩上屋敷にいる留守居の長尾志津馬《ながおしづま》様に渡してほしい――。

そう書いてあった。

「これから急いで光明寺に駆けつけようと思うのですが」

「いや、寺にはいない。どうやら誰かに呼び出されたようだ」

平七郎は険しい顔で言った。


その頃吉兵衛は、金沢町のおみさが住む仕舞屋の差し向かいにある、瀬戸物屋の天水桶の後ろから、小脇差を抱えて仕舞屋を睨んでいた。

瀬戸物屋は早々に店じまいをし、その隣の下駄屋も先ほど大戸を閉め、人通りの少なくなった明神下の通りには、本降りとなった雪が落ちている。

吉兵衛は、菅笠を被り、綿入れ半纏を着込み、首には狸《たぬき》の革の襟巻きを巻いている。革の襟巻きは伝蔵に貰ったものだ。雪が深く、冷たい富山の冬には欠かせないものだが、高価な革の襟巻きをくれた伝蔵の心が、今の吉兵衛にはなにより温かかった。

――何時までも逃げてはいられぬ。

吉兵衛はきっと前方の仕舞屋を睨んだ。

思えば伝蔵の連れ人として江戸に入って二ヵ月になるが、下谷を回り始めてから、吉兵衛は時々自分が尾けられていることに気付いていた。

しかも、尾けてくる者は、常に殺気を漲《みなぎ》らせていた。

――黒岩典五郎だ。奴が江戸に来ている。

吉兵衛はそう考えた。

そこで、三年前に藩主の供で江戸に来た時に懇意となった、呉服問屋藤田《ふじた》屋の手代宗吉《そうきち》を借り受けて、藩邸内を調べてもらったところ、黒岩典五郎がなんと破格の出世をして江戸にいることが分かったのだ。

藩邸内の噂では、黒岩典五郎は亡き妻おゆきの実家から援助を受けて、その金で出世したのだと言われているらしかった。

藤田屋は国元にも店を持っていて、藩御用達の店になっている。

藤田屋の国元の店は、吉兵衛が典五郎の不正を調べる時にも、隠さずその不正を指摘し、心を同じくする商人にも声を掛けてくれて、証拠調べに尽力してくれた店でもあった。

藤田屋は上納金と称して典五郎から金をおどしとられるなど、店が受けた被害は大きく、憤《いきどお》りを持っていたのだろうが、吉兵衛が典五郎が妾を囲っていることまで知ることが出来たのは、手代宗吉のおかげだった。

そうこうしているうちに、吉兵衛は三度刺客に襲われた。一度と二度目は浪人だった。

一度目は吾妻橋《あずま》近くの隅田川沿いの道だった。この時は殺した刺客は川に流した。

しかし二度目に襲ってきた浪人は、薪置き場に放り込むのが精一杯で、そのことで町奉行所の人間が探索しているのは知っている。

そして三度目も竹森稲荷で襲って来た町人を殺すことになったのだが、これについても町奉行所は探索を始めている。

伝蔵は、これ以上襲われることを案じて、寺で潜伏するよう世話してくれたが、このままじっとしていることは出来ないと思ったのだ。

典五郎は、藩内城下にある一刀流、風祭十五郎《かざまつりじゅうごろう》の道場に通っていた頃の友だ。

出来れば話し合いで決着をつけたかったが、大事な証拠を握っている吉兵衛を生かしておく筈はないのである。

今日、典五郎がこの仕舞屋に入ったと知らせてくれたのも、手代の宗吉だったのだ。

吉兵衛は、両手の掌に息を吹きかけた。

緊張のあまり冷たさを感じないのだと思っていたが、やはり時が経つにつれ少しずつ寒さが体を締め付けてくる。

吉兵衛は立ち上がって足を強く踏みしめた。

薄闇が積もった雪を覆い始めているが、雪はかえって白く光り、妖艶な色を放っている。

吉兵衛は、慌ててしゃがんだ。

むこうから頭巾を被った女がやってきた、と思ったのだ。

だが、それは錯覚だった。

――そうか、おゆきだったのか。

雪女と見紛うほどの、色の白いおゆきの顔、柳腰の立ち姿が、突然吉兵衛の目にはそう見えたのだ。

その姿は、おゆきが嫁してからの姿ではなかった。

嫁す前に、おゆきと一度人知れず会ったことがあるが、その時の姿だった。

おゆきとおぬいの家は、越後屋という呉服屋だったから、納戸役の吉之進もよく知っていた。

納戸役として、越後屋を訪ねることがよくあったのだ。

美しい姉妹のことは、ずっと以前から噂で聞いていて、吉之進もおゆきに心を奪われた一人だった。

出来るなら、あんな美しい娘を妻にと考えたこともあったが、伊吹家は藩でも上士の家柄、町人の娘を正妻にするのは難しかった。

やがて、黒岩典五郎がおゆきを妻にするらしいという噂が立った。

典五郎は下士の家柄、おゆきを菊島 某《なにがし》の養女にして娶るらしいということだった。

そんな時である。

おゆきから手紙を貰った。

待ち合わせたのは藩内を流れる櫻川に架かる、見返り橋の袂だった。桜の名所で、他国に出る時に振り返る橋だとか、あまりにそこから見る桜が美しく、思わず見返ってしまうとか、いろいろいわれがあるようだったが、城下町の外れで人の目につかないことから、おゆきはそこを指定してきたに違いなかった。

丁度今日のように雪が降り、高下駄の鼻緒まで雪に埋もれるほどだったが、おゆきは頭巾を被って現れたのだった。

そして、

「ゆきは、あなた様をお慕いしていました。そのことを申し上げたくて……」

とおゆきは言った。目に涙をためて吉之進を見詰める姿は痛々しく、

「すまぬ……」

吉之進は、おゆきの手を握った。

冷たい手だった。細い指は血の気が失せていた。

両手で包んでやろうとしたその時、おゆきはすっと手を引いた。

驚いて見た吉之進に、おゆきは言った。

「一度でいい、愛していると……愛おしかったと……おまえと暮らしたかったと、言ってほしくて参りましたのに……」

おゆきの目は怨みの色に染まっていた。

「おゆきどの」

声を掛けるが、おゆきは身を翻《ひるがえ》して帰って行ったのだった。

まるで正体を知られた雪女が去っていくように、あっという間の出来事だった。

そのおゆきが、再び会いたいと言ってきたのは、吉之進が典五郎の不正を調べ上げた時だった。

おゆきが指定してきた場所は、実家の越後屋が使う小料理屋だった。

通常なら下士の妻がそんな場所に出入り出来る筈はないのだが、実家に頼ったのかもしれない。

その座でおゆきは、夫の不正を伏すことは出来ないものか、そう相談を持ちかけてきたのである。

おゆきの話によれば、結婚してからたびたび金の支援を実家に頼むよう典五郎はおゆきに迫った。

おゆきは渋々父親に支援を頼んだ。

だがそのうち、父親から出入りを拒否された典五郎は、どこからか金を捻出してくるようになったというのである。

黒岩典五郎が立身のために金を要職にばらまいているらしいという噂は、だいぶ前からあったのだ。

吉之進も最初はおゆきの実家から出ているのだろうと思っていたが、そのうち、つきあっている商人から、恐喝にひとしいやり口で、お城に納める物品を水増しして、その差額を典五郎に納めるよう言ってくるのだと聞いた。

吉之進が調べ始めたのはそういうことだが、そこまで出世に固執するとは、これま

た。
典五郎が商人たちからおどし取るようにして手にした金は、三百両にはなってい
でのつきあいで考えてもみなかった。
「恐ろしいのです。他に頼るひとはおりません。どうか吉之進さまの力で夫を……お
勘定所下役、三十石の黒岩典五郎が三百両もの金を手にするとは、尋常ではない。
助け下さいませ」
身をよじっておゆきは吉之進に迫ってきた。
この身をあなたに捧げても夫を守りたい……吉之進にはそんな風に見えた。
「ここまでくれば、道はひとつ、横領した金を商人たちに返済し、上役に自らの罪を
告白する。それしかあるまい。典五郎にその気があれば、私も尽力する。ご亭主にそ
う伝えてくれ」
典五郎の性格を考えると無理な策だとは思ったが、自分も調べ上げた書類を提出し
たくはなかった。
調べ始めた時には、おゆきを奪い、しかもまだ出世したいなどという厚顔無恥《こうがんむち》を許
せないと思った。
だが今は、おゆきのやつれようを目の前にしてみれば、下士である典五郎の気持ち

も分からない訳ではなく、自身の行いを悔い改めるというのなら、それに手を貸してやるのが友人だろうと考え始めたのだ。

だが、おゆきが典五郎にその話をしたのかどうか、返事を待っている数日のうちに、不義という二文字で、吉之進が追われる身となったのである。

おゆきを、典五郎が一刀のもとに斬り捨てたと聞いたのは、弟に後を頼んで国を出奔してからまもなくだった。

不義を大義名分にしたことで、典五郎の不正は忘れられた。そればかりか典五郎は、これまでに例のない出世を成し遂げたのである。

典五郎とは、いつかは対決しなければならなかったのだ。

ただ単に、この江戸の藩邸に不正を調べた書類を提出しただけでは、典五郎はシラを切るに違いない。もみ消されることだってある。

いや……もはやそんな生やさしいことで、典五郎を許すことは出来ない。

つもりつもった吉之進の怒りは増すばかりであった。

――典五郎だ。

吉兵衛の目は、おみさの家から出て来た典五郎をとらえた。

典五郎は頭巾を被っていた。

辺りを用心深く見渡したのち、典五郎は仕舞屋をあとにした。

八

「待て」

吉兵衛が典五郎を呼び止めたのは、昌平橋《しょうへい》に出た直後だった。

東に向かおうとする典五郎に走り寄った。

だが、吉兵衛は瞬く間に、三人の浪人に囲まれた。

「めでたい奴だな、お前が尾けていることは先刻承知だったのだ」

典五郎は鼻で笑った。

鋭い視線を放つ典五郎の顔を、降りしきる雪が遮《さえぎ》る。雪は本降りになったようだ。

「不正を案じるおゆきどのを不義などと、ありもしない話をでっち上げて殺し、集めた金で勘定組頭の席を買ったようだが、お前の運も今日で尽きる」

「馬鹿な……運が尽きるのはお前のほうだ。お前は知らないだろうが、弟は家禄を召し上げられて苦労をしてるぞ。食い扶持だけでな、母御と内職に励んでいるらしい」

「……典五郎」

「俺はお前に勝ったのだ。お前が密かに思いをよせていたゆきを妻にし、しかもお前より出世して今はご覧の通りだ。ざまみろだ」

「典五郎！」

「ふっふっ、なぜそこまでと言いたいのだろうが、俺はずっと以前から許せなかったのだ。生まれながらに隔《へだ》たる上士と下士の身分の差を……どんなことをしても出世したかった。お前より上に行く道はないのかと考えた」

「それが不正を働く口実か」

「そうだ」

「妻を殺した言い訳なのか」

「ふん、ゆきの親父がけちなことを言い出したからだ。もはやゆきは俺のお荷物だった。そう思っていたところに、ゆきはお前と会った。それを利用しない馬鹿はいるか」

「許せん！」

吉兵衛は小脇差を抜いた。

「冥土《めいど》の土産に話してやっただけだ」

典五郎は浪人たちに顎をしゃくった。

浪人三人が一斉に刀を抜いた。

積もった雪を踏みしめながら三人は吉兵衛を囲んだ。

次の瞬間、真ん前の男が斬りかかって来た。吉兵衛は体をずらすと小脇差を腰の横手に構えて相手の剣を跳ね返した。

すると今度は右手から剣が伸びてきた。

体をのけぞらせて剣を躱した。

だがそこに左手から剣が振り下ろされた。胸の上に刃が落ちてくる。

吉兵衛は後ろに宙返りしてそれを外し、立ち上がろうと両足を踏ん張ったその時、左足が石を踏みつけてぐらりと揺れた。

「やっ！」

三人の浪人が交互に飛びかかって来た。

——しまった。

尻餅をついたその時、目の前を別な刃が走った。

「あっ」

吉兵衛の菅笠が真っ二つに割れた。

「止めろ！」

厳しく制する声がした。

続けざまに剣を跳ね返す音がしたと思ったら、一人の浪人が雪の中に落ちた。

「邪魔するな」

叫んだ浪人の剣も、落ちてくる雪の中に舞い上がった。

大きく息を吐いて腰をゆっくり上げたのは、平七郎だった。

「これは、立花さま……」

驚愕して見返してきた吉兵衛を、平七郎は叱った。

「無謀なことをするものだ」

そして抜刀して近づいて来た典五郎に切っ先を向けると、

「黒岩典五郎、観念しろ。おぬしの悪は白日のもととなった」

「うるさい、町方ごときにとやかく言われる筋合いはない」

上段に構えた典五郎は、ぎょっとして雪明かりに目を凝らした。

陣笠をつけた武士が手下を数十人従えて雪の中を近づいて来た。

案内役は辰吉である。平七郎に言われて藩邸に走ったのは辰吉だったのだ。

「御留守居……」

「黒岩典五郎、神妙に致せ」

典五郎は平七郎を見た。

「見ての通りだ。お前は藩庁で裁かれる。職権を乱用して金を脅し取り、内儀を殺した罪は重い。一度こちらで身柄をと考えたが、いずれ藩に渡すことになる。そう思ってな、長尾様に証拠もろとも引き渡すことにしたのだ」

「召し捕れ！」

御留守居役長尾の一声で、典五郎はあっという間に縄を掛けられ、

「伊吹吉之進、そなたにはおって沙汰《さた》する」

凜然《りんぜん》と声を張り上げて言った。

雪の中を典五郎が引かれて行くのを見送った吉兵衛は、思わず片膝をついた。

「忝い、立花どの……」

吉兵衛の声は震えていた。降り続く雪に肩を濡らしながら、吉兵衛は泣いていた。

柳橋は銀雪に覆われて、神田川の上に反り返っている。

人通りもない橋の上を、晴れて武士の姿に戻った旅支度の伊吹吉之進とおぬいが見返した。

「この橋、国の櫻川に架かる見返り橋にそっくりでしょう」

感慨深げにおぬいが言った。

頷いた吉之進の脳裏には、昔おゆきと会った見返り橋が重なって見えていた。

おぬいに言われるまでもなく、今目の前に見える柳橋の雪の橋は、国に架かる見返りの雪の橋だった。

「気をつけてお帰り下さい」

伝蔵が言った。

「お世話になりました。立花どののお陰で家禄ももとに戻ります」

吉之進は見送る平七郎、秀太、おこう、それに辰吉に頭を下げた。

全ては御留守居の知れるところとなった黒岩典五郎の悪行は、厳しく裁かれたのだった。

そして姉の敵は吉之進と思い込んでいたおぬいも、平七郎がこんこんと説明したお陰で誤解を解いたのだった。

晴れ晴れと国に帰れるおぬいの顔は明るかったが、伝蔵の顔は寂しそうだった。

「では……」

吉之進とおぬいは、雪に覆われた柳橋を渡って行った。

二人を見送るおこうの横顔を、平七郎はちらと見た。

第三話　残り鷺《さぎ》

一

深川の寺町と呼ばれる万年町《まんねんちょう》二丁目にひっそりとある『茶道具骨董《こっとう》 ほてい屋』の前を通る人は、必ずといってよいほど店先に視線を遣《や》って笑みを漏《も》らす。ほてい屋の看板犬で黒丸《くろまる》という真っ黒い犬が、まるで店番をしているように行儀よく鎮座しているからだ。

雑種の中犬だが、これが頭がよくて人助けをすると評判をとっている。

体の弱い飼い主が散歩中に気分を悪くした時には、即座に人を呼びに走ったとか、老人の懐《ふところ》から財布を掏《す》ろうとしたスリの男に噛みつき難を救ってあげたとか、黒丸の人気は深川界隈《かいわい》では知らぬ者がいないほどだ。

今日も店の前には、黒丸びいきの近隣の者たち大人子供あわせて五、六人が集まっていた。

「お前は賢い犬だってな。黒丸、お手……はい、お手」

犬の前に掌《てのひら》を出して促《うなが》したのは、辰吉だった。そばにはおこうもいる。

黒丸は、ちょっと考えてから、しょうがないなというふうに、ちょこっと辰吉が差し出した掌の先に前足で触れた。

「よしよし、賢い犬だな。三日前にお前は近くの木場で行き倒れを助けたんだってな」

辰吉が頭を撫でたとき、

「そうだよ、黒丸が知らせなきゃあ、その人は死んでたんだから」

突然店の奥から声がした。

辰吉が見上げると、太った中年女が出てきた。仁王《におう》のように腰に手を当てて突っ立っている。

「こちらの、お店の方ですか」

おこうが訊ねた。

女は太い腕をむき出しにしている。前垂れもして襷《たすき》も掛けているところを見ると、どうやらおかみではないと思ったが、

「あたし……あたしは飯炊きに来ているものさね。ここのご主人は弥左衛門《やざえもん》さんとおっしゃる人で、一人暮らしで他には誰もいないのさ」

女はそう言った。

「あっ、そう……じゃ、ご主人の弥左衛門さんに、この黒丸のことでお話しいただき

たいんですが……」

おこうは女の顔に問う。

辰吉は早速、矢立ての筆と帳面を取り出した。

女が怪訝《けげん》な顔をした。おこうはすかさず言い足した。

「一文字屋という読売です。私はおこう、こちらは辰吉といいます」

辰吉は、ぺこりと頭を下げて言った。

「どうやって犬をしつけているのかお聞きしたいのです。この江戸には犬好きがたくさんいます。犬と意志が通じ合えばどんなに楽しいだろうと考えています。もちろん
三日前の人助けのことも詳しくね」

「無理無理、旦那さまは、いちいちお話しするほどのことじゃないとおっしゃっていますから、あんまり手柄話なんてするのは好きじゃないんですよ。どこだったか、おたくたちと同じようなこと言ってきた読売がいましたけど、追い返したんですよ。歳だしね、散歩の時以外はほとんど奥にこもりっきりだから」

「じゃ、お姉さんでもいいや」

「お姉さん……」

女はまんざらでもない顔をすると、

「しょうがないわね。じゃ、あたしが知ってることをお話ししますよ」

ぐいと女は胸を張った。

名はおたねだと名乗ると、勿体《もったい》ぶった顔で話し出した。

それによると、あの日、弥左衛門は昼前に黒丸を連れて散歩に出た。

このあたりは、ちょっと足を延ばせば木場ばかりだ。木場の敷地の周囲には木々が茂っているし、堀や川から水を引き込んだ大きな池には材木が浮いている。また、空き地には材木が積み上げられている。

こういった場所には、何かが隠れていても気づきにくい。

ただ、そういったところだからこそ、犬の散歩道には丁度よいのだ。気兼ねなく歩けるし、犬ものびのびできる。

ひとまわりして弥左衛門が家に戻ろうとした時だ。黒丸が激しく吠えて、動かなくなった。

弥左衛門は人のいないのを確かめてから、引き綱の赤い紐《ひも》を首輪から離した。

すると黒丸は駆け出して、近くに積み上げてある材木の裏に走って行くと、激しく何かに向かって吠え始めたのだ。

不審に思った弥左衛門が、歩み寄ってそこを覗《のぞ》くと、なんと旅姿の初老の町人が倒れているではないか。

弥左衛門は慌《あわ》てて人を呼び、旅人を自分の家に連れて帰り、医者を呼んで手当した。

旅人は息を吹き返した。

会津藩《あいづはん》の商人で、江戸に出てきたついでに、知り合いの材木問屋を訪ねようとしたところ、急に意識を失ったということだった。

医者は発見が遅ければ命はなかったと言ったらしく、これを聞きつけた南町奉行所から、弥左衛門と黒丸は、人助けをした功労として金一封を賜《たまわ》った。

「なにしろ」

おたねは、自分で見てきたように話し、ひと息継ぐと、

「旦那さまもね、火事で焼け出されたとか、病人が出たなどという困った人がいると、惜しみなく人助けをなさってきた方ですからね。このあたりじゃあ、仏の弥左衛門さんで有名な人だもの。それで黒丸もご主人さまを見習ったんじゃないかと、みんな言ってる。そうでしょ、みなさん」

おたねは、おこうたちの後ろに取り巻いている見物人に訊いた。すると、みな判で押したように、大きく頷いたのである。

「そうか、たいしたものだ黒丸は……忠犬中の忠犬だな」

辰吉が大げさに声を上げた。

その声に黒丸が驚いたように立ち上がった。そして背をくるりと向けた。まるでこれ以上お前たちの相手にはなっていられん、そんな態度に見えた。

「どこに行くんだ、黒丸」

辰吉の呼びかけにも、しらんぷり。店の奥に向かって行く。だがその黒丸、足を引きずっているではないか。

「あら、怪我《けが》でもしてるんじゃないですか」

おこうが言った。

「いいや、ありゃ昨日今日のことじゃない。旦那さまが拾ってきた時にはもう、あんな風だったらしいから」

「まあ、すると、弥左衛門さんは、足を痛めているのを知ってて、飼い始めたんですね」

「ええ、赤ちゃんの時から左足を痛めていたんだそうですよ。捨て犬で、おまけに足を怪我している。これじゃあこの子は誰も拾ってはくれないだろう、不憫《ふびん》だからって……旦那さまはそういうお方なんだから」

どう？……もっと聞きたい、とでもいうように、おたねは胸を張った。

おこうと辰吉は顔を見合わせた。

黒丸への関心はつきないが、黒丸を育てた弥左衛門という人にも、おこうたちが興味を持ったのはいうまでもない。

黒丸の手柄ばなしはいうまでもないが、近頃はネズミの恩返し、蛇の恩返しなど、一文字屋の読売ばかりか、他の読売でも動物と人間の心温まる話は書けばよく売れた。

果ては人面鯉《じんめんごい》に人面金魚など、変わった生き物への江戸っ子の関心は飽《あ》くことを知らない。

「困ったものですよ。目黒《めぐろ》のなんとかいう池には、真っ白いガマガエルがいるとかで、押すな押すなの見物人で怪我人まで出たそうですからね」

秀太は、橋の床を木槌で叩いていた手を止めると、平七郎を見た。

だが平七郎は、木槌を持ったまま立ち上がり、あらぬ方を見ていた。

二人が点検しているのは、仙台堀《せんだいぼり》に架かる海辺橋《うみべばし》である。

橋の南詰めに正覚寺《しょうかくじ》があって別名正覚寺橋ともいうが、昔このあたりには田んぼがあって海辺新田といっていたことから今の名がついたと聞いている。

長さが十六間、幅が一丈四尺六寸、仙台堀と呼ばれるのはここまでといわれているが、橋の南側には、あの黒丸の住む万年町二丁目があった。

今平七郎が見ているのは橋の北側で、橋の左手には伊勢崎町、右手には西平野町《にしひらのちょう》の家並みが広がっていた。

「平さん、どうかしたんですか」

「子供の喧嘩《けんか》だ」

平七郎が呟《つぶや》いた。

秀太も立ち上がり、平七郎と並んで、その方角を見た。

橋の袂《たもと》近くの土手の上で三人の男児が、一人の男の子を囲んでいる。つかみ合いを始めたのはまもなくだった。三対一だ、負けは最初から見えていたが、男の子は負けずに言い返している。だがすぐに、三人の男児はよってたかって、男の子を押さえつけた。代わる代わる殴《なぐ》り、足蹴《あしげ》にし始めた。

「いかん、やりすぎだな」

平七郎は橋の北袂に走った。秀太もその後を追った。

「お、お役人だ、逃げろ！」

三人の男児は、平七郎の姿に気づくと慌てて路地の中に消えて行った。

「大丈夫か」

平七郎は倒れている男の子を抱き上げた。男の子のまわりには、残飯らしきものや魚の骨などが散乱している。

「あいつら、野良猫に餌《えさ》をあげちゃあだめだって」

男の子は歯を食いしばって訴えた。だが、その眼には涙が膨らんでいる。

喧嘩の原因は、男の子が指さした橋袂の土手下にあるようだった。そこには穴がひとつあって、野良猫が一匹住み着いているようだ。その猫を巡っての争いだったのだ。

男の子の名は、松吉《まつきち》と言った。

「そうか、松吉は猫が好きなのか」

平七郎が訊くと、松吉はこくんと頷き、

「おいらは生き物が好きなんだ」

と言った。

本当は犬を飼いたいのだが母親が許してくれないのだという。松吉が住んでいる長屋には棒手振《ぼてふ》りの魚屋もいて仕方がないんだ、と悔しそうに言った。

「そうか、犬が好きなのか。松吉、この橋の向こうの町には、黒丸という犬がいて、人助けをしたらしいぞ」

秀太がしゃがんで松吉に言った。

松吉は着物についた泥を払っていたが、

「知ってるよ、その犬、真っ黒い犬のことだろ」

泣きべそをかいていた顔に笑顔が宿っている。

「おいらの友達なんだ、おいらはクロと呼んでるんだ」

松吉の話によれば、対岸の道を黒丸が主人と散歩する姿は、以前からよく見ていた。

ところがひと月前に、黒丸だけが歩いているのを見た。東の方から帰ってきたようだった。

松吉が橋のこちら側から見ていると、黒丸はなんと橋を渡ってくるではないか。

「クロ……」

松吉が手を差し出すと、尾っぽを振って近づいて来た。

「遊びに来てくれたのか。よし、おいらが美味しい物をやるぞ」

松吉がそう言うと、クロはとことこ、松吉の住む長屋までついて来たのだ。

「それからだ。時々一人で遊びに来るんだぜ」

松吉は得意そうに言った。

「ほう、そりゃあ凄《すご》いな。松吉のことがよほど気に入ったんだな」

「そうさ、おいら、毎日だってクロに会いたいけど、この橋渡っちゃいけないって言われているから、ここで待ってるんだ」

ちょっと不満そうな顔をする。

「遠くに行っては危ないって、おっかさんに言われてるんだな」

「ああ、おっかさんは、この橋の向こうには鬼が棲《す》んでるって言うんだ」

「鬼が……」

秀太は平七郎ににやりと視線を投げた。すると松吉が付け加えた。

「本当だってば、おいらのおとっつぁんは、この橋渡って向こうに行って、鬼に食われたんだぜ」

というではないか。

「なんだと……それは何時《いつ》の話だ」

秀太が笑いながら訊き返したその時、

「松吉！」

後ろから険《けわ》しい声がした。

振り向くと、女が手招きしている。

「おっかさんだ」

松吉は決まり悪そうな顔をして立ちすくんだ。

「だめじゃないか。もうすぐ暗くなるんだから、早く！」

手招きをする母親に、ちょこっと手を上げて合図を送ると、

「よその人に言っちゃあいけないって言われてたんだ。内緒だぜ」

松吉は唇に人差指を当てた。そして、にこりと笑うと、母親のところに駆けて行った。

母親は、松吉の泥だらけの着物に気づいたらしく、松吉の頭をこつんと叩くと、こっちを向いて平七郎と秀太に頭を下げた。

母親に手を引っ張られて松吉が町の路地に消えると、秀太が呟いた。

「橋の向こうには鬼が棲むなんて、松吉の父親に何かあったんですかいね」

二

「そこにお座りなさい」

毎朝仏壇に母子揃《そろ》って手を合わせるのはいつものことだが、里絵は手を合わせたまま、背後で立ち上がった平七郎に強い口調で言った。

怪訝な顔で平七郎が座り直すと、くるりと膝を回して平七郎に向いた。

「お小言でしたら明日お聞きします」

明日から非番で、母の話を聞く時間も十分にとれる。先手を打って言ってみたが、里絵の意は揺るぎがないようだった。

真剣な目で平七郎の目をとらえると、

「平七郎どの、わたくしはあなたが何時話をしてくれるのかとじっと待っておりましたが、もう猶予《ゆうよ》はなりません。この立花家の主として第一のおつとめは、家の存続を考えることです。それはおわかりですね」

皮膚《ひふ》を刺すような里絵の気迫である。

やはりそうかと、平七郎は深いため息をついた。

「なんですか、そのため息は」

今日の里絵は厳しい。

「はっ、いいや、母上のおっしゃることは、よく分かっております」

「いいえ、少しも分かってなどおりません。よいですか、わたくしが、あなたのお父上がお亡くなりになった後に、まだ若い身空でですよ、この家に今まで踏みとどまってきたのは、なんのためだとお思いですか」

「…………」

「あなたのことを考えてのことです。あなたのお父上に、あなたのことを託されたからです。こんな話は今まであなたにはしませんでしたが、今日はいい機会です。お話ししておきます」

「母上、それならなおさら、明日のほうがじっくりとお伺いできます」

「お黙りなさい！」

里絵は、ぴしゃりと言った。

四十半ばとはいえ、里絵の怒った顔つきも、その柳眉《りゅうび》も美しい。よく里絵のような人が無骨な父の後妻になったものだと平七郎が不謹慎にも考えていると、

「あなたが妻《めと》を娶り、この家をその人に託すことができたなら、わたくしも肩の荷が

下ります。分かりますね」

「母上、母上はまだお若い、そんなに早く隠居しなくてもよいではありませんか」

「いいえ、人には潮時というものがあります。あなたは今、歳の上でもそこに立っているのです。今日はあなたの気持ちをはっきり聞くまでは、この部屋を出て行くことはなりません。お父上がそう申しております」

ちらっと後ろの仏壇を振り返ってから、

「お奉行さまからいただいた奈津《なつ》さまとの話を、あなたは断りましたね。あれからもうかれこれ一年になりますが、奈津さまはいまだに嫁いではおりませんよ。どうしてだか、おわかりでしょう」

意味深な表情で里絵は言った。

奈津という人は、北町奉行榊原の知り合いの旗本の娘で、色白で理知的な美しさを秘めている人だ。

一年前に南町奉行所と北町奉行所の剣術試合があったが、北町の代表の一人として試合にのぞんだ平七郎を、奈津の父が気に入って奉行の榊原を介して縁談を持ちこんだのである。

当の奈津にも一度会っている。

榊原の命を受けるために月心寺《げっしんじ》に赴《おもむ》いた折、そこの茶室で奈津の点前《てまえ》で茶を喫している。

平七郎は榊原奉行から、歩く目安箱として密命を受けていて、ただの橋廻りではない。市井に埋もれた情報をお奉行の耳に直《じか》に届け、またお奉行から密命を受けて事件の探索をすることもある。

その密談の場が月心寺だ。

機密事を話す大事な場所に、茶を点《た》てるためだけだとはいえ、お奉行が奈津を連れて来たというのは、この縁談は平七郎がきっと受けるだろうという榊原奉行の思い入れがあった筈《はず》だ。

だが平七郎は、やんわりと奈津との話を断った。

身分が違うと――。

正直平七郎は、自分の家には不釣り合いだと思ったし、今まで旗本の娘が、不浄役人である同心ごときに嫁入ったなどという話は、聞いたこともなかった。

ところが、母の里絵の今の口調では、奈津はまだ平七郎とのことを諦《あきら》めていないということらしい。

「母上……」

「奈津さまはご三女、それに外腹にお生まれになったお方のようですよ。ですから、格式のなんのと考える必要はない、そうおっしゃっておられるとか……万事、お奉行さまにお任せすればよろしいのです」

「……」

「それとも、あなたには、他に想うおなごがいるのですか」

「母上、何をおっしゃるのですか」

平七郎はぎくりとして母を見た。

「あら、そんなに慌てて、おこうさんですか」

平七郎の胸中など、とっくにお見通しだと言わんばかりである。

「まったく……」

困り果てた平七郎には、咄嗟の言葉もない。

「わたくしもおこうさんは好きですよ。亡くなられたお父上とおこうさんの父総兵衛《そうべえ》さんとは無二の友、それを知らぬわたくしではありませんもの。もしもあなたが、おこうさんと、どうしても一緒になりたいと考えているのなら、それはそれで手立てがありましょう。でもその時には、おこうさんには一文字屋は手放していただきます。読売屋を続けることなど認められません。それはおわかりですね」

「分かっております」

平七郎は答えた。一文字屋をどうするかは、おこうとのことを考えた時、まっ先に立ちふさがる課題だった。それがあるからこそ悩んできた部分もある。

里絵は納得した顔で頷くと話を続けた。

「不浄役人とはいえ立花家は武士の家です。武士の妻として振る舞っていただかなくてはなりませんし、同心の妻が読売屋に関わっているとなると、例えばですよ、ある事件が一文字屋に流れて記事になったなんてことになるかもしれません。そうなれば、立花の家はどうなります……よくよく考えて、近いうちにこれからどうするのかお決めなさい。いいですね」

わたくしが言いたいことはそれだけですと、里絵は自分の言いたいことだけを言うと立ち上がった。

後に残されて呆然《ぼうぜん》として座っていた平七郎に、やってきた又平が声を掛けてきた。

「平七郎さま、いえいえ、旦那さま」

「参ったな、母上には」

苦笑する平七郎に、

「ずっと心配していらしたのです。平七郎さまの将来はきっとこの私がと、お仏壇に誓ってこられたのです。お気持ちをお察し下さいませ」

と慰めるように言い、

「辰吉さんが先ほどから、旦那さまの部屋の前でお待ちです」

と告げた。

平七郎は急いで辰吉が待つ自室に向かった。

辰吉は庭で行ったり来たりして待っていたが、縁側に平七郎の足音を聞きつけると、

「平さん」

走り寄って来た。

「何かあったのか」

「助けて頂きたいんです」

辰吉は待ちかねた様子でそう言った。

通りかかった番屋の前で、女が南町の同心にくってかかっていた。

ひょいと見ると、この女、おさんという名で辰吉の顔見知りだったのだ。

「そのおさんの言うのには、亭主の死は、酒に酔って堀に落ちて溺死《できし》したんだってことになっているんだが、あたしは殺しだと思ってる。本当のところを知りたい。この

ままじゃあ亭主が浮かばれない、助けてくれって言うんです」

おさんには辰吉は借りがあった。一年前にさる事件でおさんが働く縄暖簾《なわのれん》に出向き協力してもらったのだ。

そのおさんに縋《すが》られて断り切れなくなった辰吉は、ひとつ心当たりがある。その人に頼んでやると安請け合いをしてしまったというのであった。

「場所は何処《どこ》だ……亭主の遺体が浮いていた場所だ」

「十五間川《じゅうごけんがわ》の永代寺の丁度裏側です。お願いできますか」

申し訳なさそうな顔で辰吉は言った。

「詳しいことを聞いてみないことには何とも分からんが」

「ありがとうございやす。遺体は平野町添地続きの蛤町《はまぐりちょう》の番屋です。あっしの目には、殺しか溺死か分かりやせんが、どっちにしろ、旦那に話を聞いてもらえば、おさんの気持ちも治まろうというものです」

「分かった。俺もお前には手助けをしてもらっているのだからな、行こう」

「平さん……」

辰吉はほっとした顔で頭を下げた。

　だが、平七郎と辰吉が番屋に出向いた時には、溺死とされたおさんの亭主は、早々におさんに引き取らせたということだった。

　亭主の名は久松《ひさまつ》、住まいは冬木町《ふゆきちょう》だと聞いた平七郎は、番屋の小者に久松の死体が見つかったという場所に案内してもらった。

　久松は十五間川北側土手近くの杭《くい》に引っかかって浮いていたと小者はその辺りを指した。

　そこには、白い羽の渡り鳥が数羽泳いでいたが、日差しも弱く川の色はどんよりとしていて、人通りの少ない場所だった。

　対岸には永代寺の森が見えた。だが、寺の裏側と川を挟んだこの場所は、賑やかな表通りとは比べものにならないほど閑寂《かんじゃく》としている。

　飲み屋の暖簾も、蛤町のこの河岸《かし》通りには見あたらなかった。

――久松という男は、いったいどこで飲んだのだ。余所《よそ》で飲んで、ここにわざわざやってきたというのか……。

　平七郎は疑問に思った。

「冬木町に行ってみるか」

　平七郎は辰吉と連れだって冬木町の裏店《うらだな》に向かった。

おさんの住まいは、冬木町にある下駄屋の横手の木戸を入った長屋だと聞いていた。

「ここですね、平さん」

辰吉が古い木戸の入り口の前に立って中を覗いた。

古い長屋がどぶ板を挟んで両脇に並んでいた。その佇《たたず》まいは寒々として見えた。裏長屋もピンキリだが、この長屋は古さも手伝ってか世の中から置き捨てられたような荒廃の趣きがあった。

おまけに日当たりも悪く、どの家も戸を閉めて寒さをやり過ごしているように見えた。

ただ、一軒だけ人の出入りがある家があった。どうやらその家がおさんの住まいのようだった。

戸を開けて土間に入ると、おさんがぽつんと座っているのが見えた。

「おさんさん」

辰吉が声を掛けると、

「辰吉さん、来てくれたんだね」

泣きはらした顔で振り向いた。

おさんの膝元には、久松の遺体が寝かされていて、枕元に線香が細い煙を上げていた。

「上がらせてもらうよ」

辰吉は、平七郎を部屋の中に導くと、

「おさんさん、このお方は北町の御奉行所では腕一番の旦那で、立花平七郎さまとおっしゃるお方だ。忙しいところを来ていただいたんだ。あんたが疑問に思っていることを話してみなよ」

おさんに言った。

「ありがとうございます。そんな立派なお方に話を聞いていただければ、亡くなった久松さんも浮かばれます」

おさんは平七郎に頭を下げた。そして眠っている男に話しかけた。

「あんた、よかったね、北町奉行所一の旦那が来てくださったんだよ。あんたはなんにも言えなくなっちまったから、あたしが代わりに話をするよ。安心しな」

物言わぬ久松はなんとなく納得した顔をしたように見えた。歳は三十半ばだろうか、粗末な着物を着ていたが、しかし場末の、壁板の朽《く》ちた裏店住まいにしては整った顔立ちをしていた。

おたふくのようなおさんの器量と比べると、二人が夫婦でいるのが不思議なほどだった。

「ご足労いただきましてすみませんです」

おさんは改めて平七郎に頭を下げると、

「あたしは、この人、誰かに殺されたんじゃないかと思うんです」

思い詰めた顔で平七郎を見た。

平七郎は手際よく久松の遺体を確かめた。布団をめくって着物をはだけ、胸も背中も入念に見た。のど元も首の後ろも、頭の中も確認したが、死に至るような傷は見あたらなかった。

ただ、溺死というからには、もっと水を飲んでいる筈だが、その形跡もなかった。

——殺してから水に投げ込んだか……。

と思った。

定町廻りで積んだ平七郎の洞察力は鋭い。

久松の着物を合わせてやりながら、殺しはただの行きずりではない。刃物を使わず傷ひとつ残さない殺しは、例えば小伝馬町の牢獄で『作造り』という殺しがあるが、久松はそういうやり方で殺されたのではないかと思った。

手足を動けなくして水に浸《ひた》した和紙を顔に貼りつけ窒息死させるのだ。牢屋ではたびたび行われるが、久松を殺した輩《やから》は、そういう闇の世界に生きた人間ではないかと思ったのだ。

おさんは平七郎の思案が待ちきれないように話し始めた。

「この人は深酒をして川に落っこちるほど飲む人ではありませんでした。もっとも、あたしと暮らす前には大酒も飲んでたって聞いていましたが、おかみさんに家を追い出されてここに来てからは、深酒はやめたって、そう言っていましたからね」

「なんだよ、女房持ちだったのか……あんたの亭主じゃなかったんだ」

辰吉が言った。

「すみません。言いそびれちゃって……実は久松さんと会ったのは二年前のことなんですよ……あたしが働いている飲み屋の店先で喧嘩があってね……」

おさんの働く店とは、同じ冬木町にある『かっぱ』という店である。堀端の表通りでは結構繁盛《はんじよう》している店である。

その晩、かっぱの店の前で、数人の男たちによる殴る蹴るの喧嘩があった。店の中で聞き耳を立てていると、まるで獣がもつれ合い、ぶつかり合うような恐ろしい音と叫び声が続き、店は戸を閉め切って騒ぎがおさまるのを待った。

どれほど経っただろうか、音も叫び声も聞こえなくなり、おさんは恐る恐る戸を開けて外を見た。

すると店の前に男が一人伸びているではないか。

おさんは近寄って顔を覗いた。悪人顔ではないなと思った。なにしろおさんは、毎日多くの男を相手にして商いをしている。一見してその者が悪人か善人か読む癖《くせ》があった。

――この人は、きっと因縁《いんねん》をつけられたんだ……。

そう判断したおさんは、早引けして男を近くの自分の長屋に運び、医者も呼び、介抱してやったのだ。

それが久松と暮らすきっかけだった。だが久松は、おさんに自分の身上も喧嘩のことも詳しい話はしなかった。

ただ、博打《ばくち》で作った借金が返せなくなってみせしめでやられたのだと言った。

一見してそんな場所に足を踏み入れる人には見えなかったが、何かそれには深い訳があるのだろうとおさんは思った。

おさんにも人に言いたくない暗い過去があった。だからおさんは、久松の過去をこちらから詮索するのは止めた。

暮らしてみると久松は案外優しい男だった。根掘り葉掘り聞かなくても今の久松をみれば分かる、おさんはそう思ったのだ。

ただ、久松にはこれと言った職がなかった。暮らしを支えたのはおさんの稼ぎだった。

久松はふとした時に、自分は桶《おけ》屋の職人で、小物を作っていたと洩らしたことがあった。だがおさんと暮らす二年の間に桶に触ったことは一度もなかった。

桶の小物というのは、洗い桶、髪洗い桶、水くみ桶、手桶、洗濯たらい、岡持ち、漬け物桶などさまざまあって、どこに住もうと注文をとれば引き合いも多い筈なのに、久松は桶職人の仕事はしなかった。もっぱら普請仕事の日傭《ひよう》取りに行っていた。

しかしそれも、今日行けば明日は休むといった仕事ぶりで、おさんの目には、久松は張りも生き甲斐《がい》も失くしてしまったように見えた。

たまにふいっと家を空けることがあったが、そんな時にはおさんに寿司折りなど買ってきてくれた。その時には、二両とか三両とかまとまった金も持って帰ってきてくれた。

おさんは久松がまた博打場に通っているのではないかと思ったが、それを聞き出そうとは思わなかった。

どんな金であれ、まとまった金は二人の貧しい暮らしを、いっとき豊かにしてくれていたのである。

それに、いらぬ詮索をして、久松に家を去られるのが恐ろしかった。

だからおさんは、黙ってその金を受け取った。

「あたしはね、親も兄弟もいないんだ」

つぶれ百姓で村を追い出され、両親と一緒に江戸に出てきたおさんは、順々に親を亡くし、親が残した借金を返すために、いっとき春も売る酌婦《しやくふ》までしていたこともある。

おさんにとって久松は、この世でたった一人、肌のぬくもりを分かち合える存在だったのだ。

「そんな暮らしの中でもね……」

おさんは、顔を上げて平七郎を見た。

「酔いつぶれて帰って来ることは一度もなかったんですよ」

平七郎は頷いた。

「おさん、久松はどこに行くと言って出かけたのだ……」

「行き先は言わなかったけど、ちょっと出かけて来るって……あたしが店から帰ってきたところだったから、六ツ半ぐらいだったかしら」

「久松が親しくしていた者を知っているか……」

「さあ……」

おさんは首を傾げた。

「それも知らないのか」

平七郎は呆れた。だが、おさんの久松を思うあまりの無干渉ぶりはいじらしくもあった。

側で辰吉がはらはらしている。

おさんは困った顔を俯《うつむ》けたが、まもなくはっとして顔を上げると、

「ひとつだけ、気になる話を聞いたことがあります」

と言った。

それはこの夏のことだった。

久松を佐賀町《さがちょう》の油問屋の前で見たと長屋の兼吉《けんきち》という男が言ったのだ。

久松は店の前で、険しい目つきで辺りを見渡していたそうだが、夜も遅く、兼吉は酔っぱらっていたことから声も掛けずに帰ってきた。

だが、翌日兼吉が久松にその話をすると、久松は怖い顔をして自分はそんな所には行っていない、人違いだと言い張ったというのであった。

あれは確かに久松だったと、兼吉はおさんに言い、首を傾げていたというのである。

「今年の夏に佐賀町の油問屋の前に久松が立っていたとな……」

平七郎は念を押した。だがその目に険しい光が一瞬点《とも》ったのに、おさんは気付かない。

「すみませんです。頼み事をしているのに、こんな話で申し訳ないです。でもね、あたしはどうしても、なぜ死んだのか原因が知りたいんだ。そうでなきゃ、久松さんのおかみさんと坊やに、なんて言って久松さんをお返ししていいのか」

「返すだって……するとお前は、久松の妻子を知っているのか」

平七郎は驚いた顔で訊いた。

「はい、一度聞いたことがありましたから」

「しかし、久松はどう思うだろうな。家を捨ててきているんだ」

横から辰吉が言った。

「久松さんの心の中には、いつもおかみさんと坊やの姿がありました……あたし、それを分かっていたから、この人に何も訊けなかったんです」

「おさんさん、いいのかそれで」

「いいんですよ……久松さんもきっと家に帰りたいと思っている筈です。ですから旦那、そのこともお願いできませんか」

おさんは手を合わせた。

「分かった。どこに住んでいるのだ、妻子は？」

「この深川ですよ旦那。それも遠くじゃありません。西平野町の裏店です。おかみさんの名はおなおさん、坊やの名は松吉ちゃんだと聞いています」

「何、松吉だと……」

平七郎は驚いておさんを見、久松の顔を見た。

三

久松の遺体が、おさんの家を出たのは翌日のことだった。

むろんそうするには、前もって久松の女房おなおの意を確かめている。

「よかったね、久さん。やっと、おかみさんと坊やに会えるよ。ずっと会いたかったんだろ」

久松の遺体を大八車に乗せると、見送りに出て来ておさんが言った。

大八車のまわりには、車を引くための番屋の小者三人と、辰吉、秀太、それに平七郎も付き添っている。

「名残《なごり》惜しいだろうが行くぜ、おさんさん。この天候だ、何時雪が落ちてきてもおかしかねえ」

辰吉が申し訳なさそうに言ったその時、ちらほらと綿のような雪が降り始めた。

「いけねえや、旦那、急がねえと」

小者が言った。

「すみません、ちょっとお待ち下さい」

天を仰いだおさんは、慌てて家の中に入ると、掻《か》い巻《ま》きを持って来て久松の体に掛けた。

「いいのかい、後で困るんじゃあないのか」

辰吉が聞くと、

「あたしはこたつの布団があるから大丈夫、雪に濡《ぬ》れたんじゃあ、おかみさんが泣くよ」

苦笑してみせると、それではお願いしますと、おさんは頭を下げて家の中に入って戸を閉めた。

「よし、やってくれ」

平七郎が小者に命じた。大八車はゆっくりと貧乏長屋の路地を出て行く。

「平さん……」

秀太が平七郎の袖《そで》を引いて立ち止まり後ろを振り返る。

戸を閉めたおさんの泣く声が路地まで聞こえた。絞り出すような声だった。

「……………」

久松を乗せた大八車は、おさんの泣き声に見送られて木戸を出た。

と、声を掛けてきた者がいる。

「お待ち下さいやし。旦那、兼吉でございやす」

振り返ると、中年の紺の法被《はっぴ》を着た男が近づいて来た。

「兼吉か」

平七郎は秀太と顔を見合わせた。

久松を佐賀町の油問屋の前で見たと言った、あの兼吉だった。昨日兼吉に話を聞こうと訪ねたのだが、兼吉は品川《しながわ》に出かけていて留守だった。

「親方を持たない大工ですからね、小さな仕事でも追っかけていって貰ってこないことには、おまんまの食い上げさ。でも明日には戻ると思いますから」

兼吉の女房はそう言ったのだ。

「聞きたいことがある、そう伝えてくれ」

女房にはそう告げていたのだが、

「久松のことでございやすね」

兼吉は神妙な顔で言った。

「そうだ、お前が久松を佐賀町で見たのは今年の夏のことだと聞いたが、いったいどこの油問屋の前だったのだ」

ちらと木戸を去って行く大八車に視線を投げた。秀太が手を上げて合図して行く。

こっちは任せてくれという合図だった。

「それが旦那、後で分かったんでございやすが、その晩盗賊に入られた浪速《なにわ》屋という油問屋だったんですよ」

「何、浪速屋だと……」

平七郎の顔は険しくなった。

なにしろ、浪速屋という油問屋は、この夏の七月二十日、盗賊に入られたばかりか、台所からぼやも出して店も半焼している。

北町ではいまだに調べているらしいが、何の手がかりも得ていなかった。

おさんから兼吉が久松を見たという話を聞いた時から、平七郎の胸には嫌な予感が生まれていた。

「その時の様子を話してくれ。久松がどんな様子だったのか、詳しくな」

「へい」

兼吉は神妙な顔で頷くと、その夜の久松の様子を語った。

「久松は人違いだといいやしたが、あっしは人の何倍も目が良く見えるんだ。あの夜は月が出ていたからちゃんと見えてる。間違いねえ。旦那、奴はあっしの目には、誰かを待っているのか、そうでなかったら、見張っているのか、とにかく、夜の町に目を光らせていたように見えやした」

兼吉の見た久松は、それまで見たこともないような険しい顔で立っていたというのであった。

「あっしはその晩、材木町《ざいもくちょう》の知り合いのところで一杯やっての帰りでした。酔ってはいやしたが、めったに人を見間違えるものではねえ」

自信に満ちた口調で言った。

ただ兼吉は、亡くなった久松をおとしめるために旦那に話しているんではない。久松は同じ長屋に暮らした仲間だ。その久松が殺されたかもしれないと聞き、ひょっとしてあの時のことが久松の死に関係あるのではないかと思ったのだと言った。

「おさんさんの話じゃあ久松は殺されたっていうじゃあありやせんか。しかも犬っころのように殺されて川に捨てられるなんて、久松の敵《かたき》を、旦那、あっしはとってもらいてえんで……」

兼吉は遠ざかる久松の大八車をじっと見送った。

はらりはらりと落ちる雪の中を、大八車は堀沿いの道を西に向かい、海辺橋を渡った。

「平さん……」

橋の中ほどで秀太が追っかけてきた平七郎を待ちうけて声を掛けてきた。向こうの橋の袂に、睨《にら》むようにして立っている松吉の姿を見たからだ。

だが松吉は、すぐに背中を向けて長屋のある路地に駆けていった。

松吉は父親の遺体が家の中に寝かされても近づかなかった。家の中に寝かせるのはいっときのことで、すぐに茶毘《だび》に付する手配がとられている。

表には小者が待っているし、辰吉も秀太も平七郎も部屋の中で、母子が別れを終えるのを待っていた。

「松吉、おとっつぁんだよ、お別れを言いなさい」

おなおは、後ろをふりむいて松吉を手招いた。だが松吉は、平七郎の背中に身を隠すようにして父親の遺体を盗み見している。顔には恐れのような色が見えた。

「松吉、もう二度と顔を見ることはできぬぞ。お別れを言ってこい」

平七郎も促した。

松吉はようやく前に出ると、父親の遺体の側に座った。

「おとっつぁん……」

呼びかけた松吉の目から、不意に涙がこぼれ落ちた。

「松吉……」

おなおが呼んだ。

松吉はきっと母親を見て言った。

「おっかさん、橋の向こうには鬼が棲んでるって言っただろ。おとっつぁんは鬼に食われたんじゃなかったのか」

「松吉……」

「なぜ今ここにいるんだ……生きていたのなら、なぜ帰ってこなかったんだ……」

「…………」

「おいらは待ってたんだ。おとっつぁんは帰って来るに違えねえって、あの橋で待ってたんだ」

「松吉ごめんよ。おとっつぁんには事情があったんだよ」

松吉は緊張の糸が切れたように泣き始めた。

平七郎はその肩を抱いてやった。

「ワン！」

その時だった。戸口で犬の声がした。

「クロ！」

松吉は振り返って土間を見た。あの黒丸が土間に入って来て尻尾《しっぽ》を振っているではないか。

「来てくれたのか、クロ……」

涙を拭いて立ち上がった松吉に、おなおは厳しい声で言った。

「松吉、追い返しなさい！」

「嫌だ、クロはおいらの友達だ」

「言うことを聞きなさい」

おなおは叫ぶが、松吉は聞かずに犬と表に出て行った。

「許してやれ、今の松吉には必要だ」

「いいえ、あの犬は厄病神です。あの犬が来るようになっていろいろおかしなことが起こり始めたんです。あの子は知らないんですよ、時々うちのまわりを人相の良くない男が見張っているってことを……」

「何、どういうことだね、話してくれ」

平七郎は驚いておなおに訊いた。

「はい、あの犬がうちにやって来たのは今年の春のことでしたが……」

松吉が黒い犬を長屋に連れ帰ってきたのだが、首には輪が掛けてあり、その首輪に結び文があるのにおなおは気付いた。

怪訝な思いでおなおはその文を取り上げて開いた。

「すると旦那、五、十、えどやと書いてあったんです」

「何……五、十、えどや……」

平七郎は秀太と顔を見合わせた。

「旦那、なにか心当たりがございますか……」

おなおは不安な目で平七郎を見た。

「いや、妙な話だと思ってな。それで、その紙はどうしたのだ？」

「クロの首輪にまた結びつけました。そしたらクロは一目散に帰って行ったんです」

犬の首輪にもとのように結びつけたのは、何となく見てはいけないものを見たという気持ちが働いたのだとおなおは言った。

「そしたらなんと、また十日ほどしてあの犬がやってきた時でした。突然飼い主だという人がやって来て、恐ろしい顔でクロを殴ったんです。どこでうろうろしてるんだって……」

「弥左衛門か」

辰吉が口走る。

「名前は聞いていませんが、五十半ばで、白髪の、そう言えば眉間《みけん》に深い皺《しわ》のある人でした」

「弥左衛門に違えねえ」

辰吉が独りごちた。

「その人に拳骨《げんこつ》で殴られて、キャンって、クロは悲鳴をあげました。そして松吉にも言ったんです。二度とこの犬を家に連れてこないようにって、この犬は噛みつくよ、猟犬だったからな、のど元を噛む、なんて脅《おど》して」

「そいつが弥左衛門なら、ずいぶん噂と違うんじゃないですか」

秀太が言った。

「いや、人相は合っている。あっしは散歩する弥左衛門と黒丸を見ていやす」

辰吉は自信があるようだ。

「すると何か、それからなのか、人相の良くない者が見張っているというのは……」

平七郎の問いにおなおは頷いた。

「人相の良くない人が木戸のところから、こっちを覗いていたことがあったんです。松吉は気付いていませんが、橋袂で遊ぶ松吉のうしろ姿をじいっと見ているのも、私は見ています。だから犬がやってきても遊んじゃだめって言ってるんですが……」

「じゃあ、その後も犬はちょくちょく来ているのか」

「はい。七月にやって来た時にも、首輪に文をつけてましたね。でもその時は私も触らずに、すぐに長屋から追い返しました」

話をしながらも、おなおは落ち着かないように外を見た。

「安心しな、松吉坊はあっしが見て来る」

辰吉は外に出て行った。

おなおはほっとした顔をしたが、

「亭主がこんなことになったのも、本を正せばあたしのせいです。あたしのせいなんです」

思わず口走った。

「もしかして、あんたは、亭主が橋の向こうで何をしていたのか、知っているのではないか」

「いいえ、この家を出てからのことは知りません」

「ならばなぜ、松吉に、橋の向こうには鬼がいるなどと言ったのだ」

「…………」

「亭主がこんなことになったのは自分のせいだと言ったではないか。どういうことなのだ……」

「…………」

「昨日も話したが、おさんという女が久松と会ったのは、久松が数人の男たちに打《ちよう》擲《ちやく》された夜だったのだ」

「…………」

「あんたはそのわけを知っているのではないか」

「……」

平七郎は、おなおの目をとらえた。

「おなお……」

四

「賭場に通っていたんですよ、あの人……」

おなおは大きくため息をついて語った。

二年前、おなおは大病を患《わずら》った。原因不明の熱が出て、医者はもう助からないかもしれないと久松に言ったらしい。

何か手立てはないものかと医者に縋り付いた久松に、

「高麗人参を服《の》ませれば快復するかもしれない」

そう言ったのである。

医者が手当てに自信がなくなった時に言う常套句《じょうとうく》が高麗人参の処方だ。

貧乏人には手が出せないから、たいがいはここで治療は終わる。患者が命を落としたとしても、それは医者のせいではなく、人参の処方を希望しなかった患者側に責任があるということになるのである。

なにしろ、高麗人参一本で銀十八貫もする。金換算では五十両ほどで、久松が桶を居職《いじょく》で懸命に作っても、飲まず食わずで二年かかって手にする金だ。

しかも高麗人参一本飲めば治るという保証があるわけではない。

高麗人参を一寸の長ささえ買う金などない久松には、途方もない話だった。

おなおはそれまで仕立物の内職をしてきている。だがそれも家計を助けるためのもので、蓄《たくわ》えにまわせるものではなかった。

夫婦二人が働いて人並みの暮らしを維持してきたが、蓄えはなかったのだ。

ほとんどの長屋の暮らしはそういうものだが、ひとたび病人が出るとたちまち路頭に迷うのである。

病人の治療を打ち切って治癒するのを諦めるか……借金をして治療を続け、首が回らなくなったら欠け落ちするか……貧しい裏店住まいの者には、二つに一つしか道はなかった。

久松が選んだのは、借金をしてもおなおを治してやりたい、高麗人参におなおの命を賭けてみることだった。

手始めに桶職人の道具と、親方から離れる時に祝いとして貰った紋付袴《もんつきはかま》一式を質屋に持ち込んで金を融通して貰ったが、それでは足りず、高利貸しの門を叩いた。

やっとの思いで高麗人参を手に入れて服みはじめると、おなおの容態は少しずつ改善していった。

おなおの病状が日に日に良くなることが分かると、久松は高麗人参を買うのを止めることはできなくなったのだ。

だが、おなおの病が治った頃には、返済に行き詰まり、久松は借金した金を握って、海辺橋を渡り、橋向こうの賭場に通い始めていたのである。

借りた金を返すためには、一両の元手を五両にも十両にもしたい……憑《つ》かれたように久松は橋を渡って行くのである。

「亭主は、死ぬほど苦しんでいたに違いありません。私も、申し訳なくて、胸が痛かった……」

話し終えたおなおは大きく息をつくと、

「まるで亭主は、橋向こうの鬼に魅入《みい》られたように見えました……」

おなおの脳裏には、夕暮れの橋の上を渡る久松の背中が浮かんで消えた。

おなおには、祈りながら黙って見送るしかなかったのだ。

「そうか、それで松吉には、あんなことを言ったのか」

秀太が言った。

ええ、それもありますと、おなおは頷いた。

亭主の久松がぷっつりと帰ってこなくなった時、おなおは探しに行こうと思ったのだが、まもなく、久松に金を貸したという男たちが現れて、おなおに金の返済を迫ったのである。

「亭主を痛めつけても金が出ないことが分かったんだな」

また秀太が言った。

「久松は逃げたと、その人たちは言いました。もう江戸にはいないだろうって……でも私、殺されてしまったんじゃないかと思ってました。信じたくない気持ちもあって、松吉には橋を渡っておとっつぁんは鬼に食われたんだって……」

「その時の借金は返したのか」

平七郎が訊いた。

「賭場の借金などうるさいところは、吉原の花魁《おいらん》の仕立物を請け負ってなんとか返しました。でもまだ、質屋の借金が残っています」

「なんていう奴らだ、どこの賭場なんだ。賭場の借金はいくらだったんだ」

聞いているうちに秀太は、だんだん腹が立ってきたようだ。

「虎蔵《とらぞう》親分の賭場で、十五間川沿いの蛤町です」

「何……」

平七郎は秀太と顔を見合わせた。

十五間川は、久松が浮いていた川だ。

「借金は十両近くありました」

俯いて言ったおなおの顔を、平七郎と秀太は信じがたい目でじっと見た。


「これはこれは、平七郎さま、お久しぶりでございます」

久しぶりに永代橋の西袂、おふくの店に立ち寄ると、手ぬぐいをねじって鉢巻きにした源治《げんじ》が奥の板場からにこにこして出て来た。

見渡したところ客は二組だった。ひとつは職人の二人組で、もうひと組は若い男女だった。

職人二人は肴《さかな》を真ん中にして、熱燗《あつかん》をやっていた。一方の若い男女は、湯気の立つどんぶりものを、ふうふう言いながら食べている。

外は昨日降った雪が溶け始めていた。その時熱を奪われるためか底冷えがする。体を温める何かうまい物をと考えていると、

「うどんを始めたんですよ、平さん」

源治が言った。

「へえ、うどんか……源治、お前が打ってるのか」

秀太が手をすりあわせながら訊く。

「はい。あっしの役目です。寒い間だけ出してみようってんで今年から始めたんですが、これが結構良く売れやして」

「よし、私はうどんにするぞ」

「ありがとうございやす」

「俺もそうするか」

平七郎も相槌を打つと、

「承知しました。まもなく女将《おかみ》さんも出て参りますので、熱いお茶でも召し上がってお待ち下さいやし」

源治が奥に引っ込むと、女将のおふくが、弾んだ声を誰かに掛けながら出て来た。

そして、平七郎と秀太に気付くと、一層明るい顔をして見せ、

「まあまあ、お久しぶりでございますこと」

にこやかに頭を下げた。

そして後ろに控えている、髪結いの箱を下げた三十前後の女にちらと視線を投げると、

「お品《しな》さんていうんですよ。廻り髪結いで私も近頃はちょくちょくやってもらってるんです」

おふくは結い上げた髪に手をやると、くるりと回って平七郎と秀太に見せた。

「お品と申します」

女は神妙な顔で言った。うりざね顔の、色っぽい女だった。

「平七郎さま、お母上さまにも時にはこちらのお品さんを呼ぶようにおすすめ下さいな」

ちらと笑みをお品に振ると、お品は「よろしく」と頭を下げた。そしておふくに会釈をしてから店を出て行った。

「それはそうと、お二人顔を揃えて、今日はなんだったんですか。昨日のこと、お幸《さち》が帰ってきてましてね、お二人の噂をしていたところ」

おふくは言った。

お幸というのは、おふくの店から見える永代橋が崩落した時に生き残った娘で、おふくの母親が娘として育てた人だ。

おふくはお幸を実の妹のようにかわいがっていて、お幸は組紐をして生計しているが、ある事件にかかわった男を愛し、永代橋で哀しい別れをして一年になる。男は与七《よしち》と言ったが、仲間の民吉《たみきち》とともに遠島《えんとう》になった。

「お幸は元気か」

平七郎は訊いた。罪を犯した与七には同情すべき事情があって、胸を痛めた事件だった。訊くのも辛いが、その後のお幸のことは気になっていた。

「お陰様で……あの子も不運な人で、だって、両親を亡くし、最初の婚家からは追い出され、その上好きになった男は八丈島《はちじようじま》送りですもの。でもね、一生懸命頑張ってます。与七さんが帰ってくるまでって」

「そうか……」

「しかし、いくら早くっても、ご赦免《しやめん》が発令されたとしてもだ、最低五年は島から抜けられないって聞いてますからね」

秀太が言った。

「まったくね……」

おふくは大きなため息をついてみせたが、すぐに、あっとした顔をして、

「旦那、ご存じですか。一緒に流された民吉さん、むこうで亡くなったんですって」

「……」

ありうることだと平七郎は頷いた。

江戸を出る時の所持金は僅《わず》かな金額だ。以後家族や親族が途切れることなく島に金や米など送らねば囚人は飢《う》える。頑健な者でなければ、病に倒れて死ぬ者は大勢いるのだ。

「与七が元気でご赦免になるのを願うばかりだな、おふく」

平七郎は言った。

「ええ……で、平七郎さまは永代橋の見廻りでしたか」

「いや、深川に少し調べることがあってな、その帰りだ」

「深川に……」

「そうだ、この店の外から見える佐賀町だ。浪速屋という店だ」

秀太は、源治が運んで来たうどんのどんぶりを受け取りながら言った。

「まあ、浪速屋さんですか。夏に押し込みに入られたと聞きましたが、なんとあの時には火事にまで見舞われて……どうやら押し込んだ賊たちは、火つけまでしたようですから、今普請中だったでしょ」

「そうだ、主《あるじ》夫婦も店の者もいなかった。大工に訊いたら、この月末には住むようになる、商いも始めるということだったが」

「まったくね、さんざんでお気の毒です。噂では手引きした者がいるんじゃないかと言ってますからね」

「手引きだと……」

「ええ、あまりに手際がよかったって……幸い地下に入れていた金箱だけが助かったって……その話は、私が直接、お内儀さんから聞きましたからね」

「おふく、浪速屋夫婦は、今川町《いまがわちょう》の薪炭《しんたん》屋に身を寄せているんだったな」

「ええ、武蔵《むさし》屋さんといいましてね、親戚筋に当たるようですよ」

おふくは、探るような目で言った。

「なんだ、何か言いたそうだな」

「はい、相変わらず橋廻りだけではなくご活躍のご様子で……」

「まあな、ここに来るのはいい息抜きだ」

おふくはにこりと笑うと、

「源さん、熱燗もさしあげて下さいな」

板場に声を掛けた。

「おいおい、まだ仕事中だ」

「いいじゃありませんか、英気を養って明日からまたお励み下さいまし」

五

弥左衛門が黒丸と散歩に出るのはまだ朝も早いうちだった。

綿入れの半纏《はんてん》を着、首には襟巻きを巻いた弥左衛門が、黒丸の首輪につけた紐を引きながら付近の社寺の周辺を歩く姿は、どうみても好々爺《こうこうや》だった。

——あの爺さんと久松は、なんらかの関わりがあった筈だ……。

黒丸の行き先を確かめろ、鍵は黒丸だと平七郎に言われた辰吉は、久松を野辺《のべ》送りしたその日から、弥左衛門と黒丸の動きを見張っていた。

今日で三日目だが、弥左衛門が店の表に出て来るのは、朝の黒丸の散歩の時だけだった。

黒丸は夕刻にも散歩するが、この時は弥左衛門は一緒に行かない。黒丸の首輪につけている紐を外して黒丸だけで散歩させるのだ。

松吉の家に黒丸が立ち寄ったのも、黒丸だけで散歩する夕刻だったに違いないが、昨日も一昨日も、黒丸は松吉の家のある海辺橋北側には渡らなかった。

橋の南袂までは出るのだが、そこから堀に沿って東に向かった。辰吉は当然後を追っかけている。だが、黒丸は突然走り出したりして二日とも途中で見失っていた。

——今日は必ず行き先をつきとめる。

寒さに歯を食いしばりながら、辰吉が店の前を睨んでいると、

——出て来た！

弥左衛門が七ツの鐘を聞いてしばらくしてから店の前に現れて、店番をしている黒丸の紐を解いた。

黒丸はすぐに表の通りに飛び出した。

もこもこと腰を振って辺りを見渡しながら堀に出た。そしてそこから今日も東に向かって歩き始めた。

——なぜだ……。

辰吉は首を傾げる。弥左衛門と一緒の朝の散歩は近隣の社寺を巡るのに、夕方の黒丸だけの散歩の時には、必ず堀沿いを東に向かう。

やはり何かあるのだと思わずにはいられない。

辰吉は見失わないように黒丸の後をつけた。

力のない陽が翳《かげ》り始めていた。堀の水はどんより濃い緑色を呈している。青色の勝った夏の水の色とは随分違って見えた。

黒丸は時々立ち止まって草の匂いを嗅ぎ、おしっこをし、また歩き出すのだが、ところどころ残る雪の塊《かたまり》の上だって頓着《とんちやく》ない。解放されてのびのびしているのか、辰吉の目には楽しそうに見えた。

それに引き替えこっちは、寒くて仕方がない。思わず懐に入れてある温石《おんじやく》を触ってみた。

今朝店を出て来る時に、おこうがおにぎりと温石を持たせてくれたのだが、もうすっかり冷えていた。

ふと、おこうの顔が過《よ》ぎった。今朝おこうとした会話を思い出していた。

今日は読売に摺《す》る記事を決める日だったのだが、黒丸のことは次に回そうという結論だった。

「黒丸が事件に関わりがあるかもしれないのなら、載せない方がいいわね」

おこうはそう言い、いったん奥に引っ込むと、平七郎を手伝って黒丸の張り込みをする辰吉に、昼の弁当と竹筒に入れたお茶、それに温石を渡してくれたのだった。

「抜かりのないようにね、平七郎さまによろしく」

おこうは言ったが、平七郎さま、と言った時のおこうの表情は硬かったのだ。これまでにないことだった。

「おこうさん、いや、なんでもねえ」

呼びかけて止めた辰吉に、

「変な人ね」

おこうは笑ったが、おこうの縁談の結末を気にしながら、辰吉はそれを聞き出す勇気はなかった。

店を出ようとした時に、なんとあの、絵双紙問屋の跡取り息子で、おこうに求婚してきている仙太郎がやってきたのである。

「あら、いらっしゃいませ」

おこうははにかんで迎えていたが、辰吉はそこで外に出て来ている。正直今日一日、あのあと二人はどんな会話をしたのかと気になっていた。

辰吉の目には、おこうがずっと前から平七郎を慕っていることは百も承知だ。二人が一緒になってほしいのは山々だが、おこうの意地っ張りを考えると、おそらく自分から、お慕いしている、妻にしてくれなどと言う筈がない。

平七郎もおこうに好意を持っているのは、これも明々白々だが、同心という身分を考えると、一足跳びにおこうを妻にするともいえない筈だ。

「おこうさん、あっしが口幅《くちはば》ったいことをいっちゃあ僭越《せんえつ》でございやすが。おこうさんの方から率直に、はっきりと、自分の気持ちを告げたらどうでしょうか」

辰吉はそういうつもりだったが、やはり言えなかったのだ。

――じれってえ。

辰吉にとっても、二人のなりゆきは最も気になるところだった。

「おやっ」

辰吉は立ち止まった。

先を行く黒丸が、冬木町を抜け、亀久町《かめひさちょう》と大和町《やまとちょう》の間を抜ける大通りに入ったではないか。

どこまで行くのだと更に後を追っかけると、ついには十五間川に架かる永居《ながい》橋を渡って三十三間堂町《さんじゅうさんげんどうちょう》の、枯れ草の茂る二階屋の入り口で止まった。

既に辺りは薄闇に覆われていて、二階屋には灯りが点っている。

黒丸は入り口で一つ吠えた。

「ワン」

すると戸が開いて男が出て来たではないか。着流しで髷《まげ》を横に曲げた遊び人風の男であった。

男は黒丸の頭を撫《な》でると、手に握ってきた餌を与えたようだ。

黒丸は警戒もせずに、その餌を無心に食べている。

「ごくろうさん」

食べ終わった黒丸の背を男が押した。

黒丸は二階屋を後にした。辰吉の前を通って元来た道を帰って行く。

なんだなんだ、餌をもらいに来たのか……がっかりして辰吉が立ち上がったところに、なんと平七郎が二階屋から出て来た。

月は半月で、辰吉のところからは顔は定かには見えない。だがすらりとした姿だけで、辰吉には平七郎だと分かるのだ。

——おこうさんが惚れる筈だな……。

男の俺が見たっていい男だ。そんな男の手下として動いている自分自身も胸を張れるってもんだと、

「平さん」

呼びかける声にも力が入る。

物陰からふいに声を掛けられて平七郎は驚いたようだった。

「なんだ辰吉ではないか、こんなところで何をしてる」

「だんな、旦那がおっしゃったんですよ、黒丸を見張れって……」

「すると、黒丸はここに来たのか？」

「へい、あっしも追っかけてここまでやってきたんですがね、ところが旦那、万年町のあの店から尾《つ》けてきたあっしは拍子抜けしちまいましたよ。黒丸の奴は、ここに餌を貰いにやってきただけなんです。ただそれだけです。何かの連絡に来たわけでも、文を受け取りに来たわけでもありやせん。やっぱり動物は動物ですね、目的は餌だったんです。おおかた、散歩しているうちに、あそこに行けば餌をくれるって覚えてしまったに違いありやせん」

「そうかな……」

平七郎は後ろを振り返って二階屋を眺めた。

「ほんとですって、この目でいま見たところですから……で、平さんはどうしてここに……」

「久松がここの賭場に顔を出していたらしいと教えてくれた者がいてな……」

そう言ったのは、久松が昔通っていた蛤町の賭場の親分虎蔵だった。

ただ、虎蔵は、この眼で確かめたわけじゃねえ、噂だと断ってから、

「馬鹿な野郎だ。この賭場でこさえた借金は、ようやく女房に返してもらったんだが、もう一度どこかの賭場に借金をこさえたら、今度は間違いなく女房は売り飛ばされるぜ。うちは穏便にしてやったが、三十三間堂の賭場はそうはいかねえ、あそこは容赦はしねえ筈だ」

そのあそこと言ったのが、今出て来た銀五郎《ぎんごろう》という男が仕切る賭場だったのだ。ところが、

「銀五郎の奴は知らないと言ったよ。だが俺は臭いと睨んでいる。何か隠しているに違いない」

ひとまず引き上げてきたんだと、賭場を背にして歩き出したその時、

「もし、お待ち下さいやし」

平七郎は後ろから声を掛けられた。

振り返ると、顔のつるりとした男が近づいて来た。歩き方も、なよっとしている。

「あっしは歌之介《うたのすけ》というケチな野郎でござんす」

男は平七郎に頭を下げた。

「そう言えば、お前はさっきあの二階にいたな」

「へい、よくご存じで……あっしは役者の道を諦めて近頃では博打で飯を食ってるんですがね、旦那のお耳に入れたいことがあっておっかけて出てきたんです」

「何……」

「旦那がさっき、親分に訊いていなさった久松のことですよ」

「久松を知っているのか」

驚く平七郎に、

「へい」

歌之介は真剣な目で見返した。だがすぐに、決まりの悪そうな笑みを浮かべると、

「旦那、そこらへんで一杯おごっていただけやせんか。懐がからっきしで、今朝から何も食ってねえんです」

盃《さかずき》を傾ける所作をしてみせる。

「分かった、蕎麦《そば》でいいな。辰吉、お前も体を温めるといい」

懐具合を勘定しながら、平七郎は門前の小さな蕎麦屋に、歌之介と辰吉を連れて入った。

明るいうちには三十三間堂に参詣に来る人たちで店も賑わっているに違いないのだが、日が落ちると客足は途絶えるのか、平七郎たちが店に入った時には、他に客は一

人もいなかった。

「あと半刻（一時間）で店は閉めますが、それでよろしいですか」

蕎麦屋の女将は言った。

「結構だ、酒と蕎麦と、急いでくれ。酒は熱燗でくれ」

平七郎は注文してから歌之介と向き合った。

「久松の何を知っているんだ、聞かせてくれ」

「へい、実はあっしは、久さんとは何度か賭場で会ってやして」

「来てたんだな、あの賭場に……」

「そうです。銀五郎は嘘をついているんです」

平七郎は頷いた。

「あそこの賭場は時々妙な連中が集まるんだ」

「妙な連中……」

「博打が目的で来るんじゃねえ者が三人、一人は犬に餌をやってた男で次郎助《じろすけ》」

「次郎助というのか、あの男は……」

辰吉が聞く。

「そうです、次郎助は決まって犬に餌をやるんで、毎日あの時刻に犬を待っているんです」

歌之介はそう言った。

「平さん……」

辰吉の不審な顔に、平七郎は言った。

「連絡を待っているのかもしれんな……で、他には？」

「菊蔵《きくぞう》という男がおります。この男は両国の矢場で働いているようです。そしてもう一人、金吉《かねきち》という男ですが、この男は背中に小間物をしょって売り歩いていやす。みんな時々顔を出して、遊んでいく時もあるにはありますが、銀五郎となにやらひそひそ話して帰っていきます」

「待て待て、すると、その男たちと久松はつるんでいたのか」

「いいえ、久さんは最初小銭を稼ぎに来ていやした。ですがそのうちに銀五郎にとりこまれたのか、あっしと距離を置くようになってたんです。あぶねえなって思っているうちに死んでしまった」

「死んだのではねえ、殺されたんだ」

辰吉が言った。

すると、歌之介は急に恐ろしげな顔で、やっぱりそうでしたかと言った。ひょっとしてそうではないかと思っていたとも歌之介は言った。

「そういうからには、おめえさんの目には、連中はそうとう胡散《うさん》臭く見えたわけだな」

「へい。あっしも金があれば、あんな賭場にはいきやせんよ。あそこは小金でも賭けられる、それで行ってるんです」

平七郎は話を聞きながら俄《にわか》に胸が騒ぎ出すのが分かった。

久松殺しの裏には、とてつもない事件が隠れているように思えてきたのだ。

「旦那……」

考えを巡らせていた平七郎を歌之介が呼んだ。

「久さんは死ぬまえに、あっしに妙なことを言ったんですよ。殺されるかもしれないって」

「何……」

険しい顔で見た平七郎に、

「その時には、捨ててきた女房と倅《せがれ》に渡してくれって、あっしに預けたものがあるんです」

歌之介は懐から巾着を取り出すと、紙で包んだ物を置いた。小判を包んだものだとすぐに分かった。

「あっしが持っていては、いつ使ってしまうかもしれねえって困っていたんです。女房と倅に会いにいかなきゃと思っていたところに、旦那が現れたってわけでして」

見るまでもないと思ったが、包み紙に文字のあるのに気付いて広げてみた平七郎は息を呑んだ。

「平さん、これは……」

辰吉も声を上げた。

紙には『七、二十、なにわ』と書いてある。

「七月二十日、浪速屋……そう読めるな。佐賀町の油問屋浪速屋に押し込みが入った日が七月二十日だ」

平七郎は考えこむ眼で呟いた。

六

その頃秀太は、今川町の薪炭屋武蔵屋の店を訪ねていた。

武蔵屋の前には荷車がひっきりなしに止まり、薪や炭を積んで行く。車力や人足は

大忙しで、店の中も大わらわだが、上がり框《がまち》で待っていると、奥から中年の、背の低い男が出て来て、

「浪速屋の主、茂兵衛《もへえ》でございます」

膝を揃えて秀太の側に座った。座ると眉の濃いのが目立ち、まるで達磨《だるま》がそこに座ったような感じがした。

「平塚秀太と申す、北町の者だが、ひとつ聞きたいことがあってな」

秀太は難しい顔を作って言った。今やすっかり役人の顔になった秀太である。だが茂兵衛は、薄い笑みを浮かべたのち、

「はい、存じております。相模屋さんの秀太さんですね」

と言ったのだ。

「えっ、私のことをなぜ知っているんだ」

「私は深川の人間です。しかも佐賀町で油問屋をやっています。相模屋さんにもご贔屓《ひい》
にしていただいておりまして、新兵衛《しんべえ》さんにはお会いすると、秀太さんのご活躍をあれこれ聞かされて感心しておりました」

「親父どのが、私の話を……」

これはまた、照れくさくて仕事がやりにくくなったものだと苦笑すると、

「はい、母さまのおきねさんだってそうです。秀太さんが同心になったばかりの頃は、子供の時はこうだったああだったとおっしゃって、ずいぶんと心配をなさっておいでのようでございましたが、近頃では秀太さんがご自慢で」

「まったく……だから深川界隈をうろつくのは嫌なんだ」

ぶつぶつ言ってから、

「えへんえへん」

秀太は咳《せき》をしてみせた。

定町廻りの顔をして調べにやってきたのに、実家の話をされては気恥ずかしくて仕事がやりにくい。

「で、お訊きになりたいことというのは、押し込みのことですな」

茂兵衛は笑みを引っ込めると真剣な目で秀太を見た。

「そうです。少し気になることがありまして調べているのですが」

「既にお役人さまにはお話ししたことではありますが……あの日は、奉公人たちにも休みをとらせて手薄の日でございました……」

浪速屋では、年二回奉公人たちにまとまった休みをとらせる。盆の頃に五日、正月の休みとして七日、皆御府内に住まいする者や、実家も江戸近郊の者たちばかりだから、その休みを大いに利用して英気を養っている。

今年も皆が休みをとった二十日の夜に、浪速屋は押し込みに入られたのだ。

寝付いてまもなくのことだった。

妙な物音に目を覚ますと、覆面をした男たちが、茂兵衛の部屋の金箱を抱えたところだった。

声を出そうとしたが、匕首《あいくち》を突きつけられて、茂兵衛の女房と娘のお花《はな》も、飯炊き女中のおきのも、皆一室に集められて脅されたのだ。

茂兵衛は家族に騒がないように言った。命あってのものだねと思ったのだ。

賊たちは、金箱を開けさせて残らず奪いとると、もっと金のあるところに案内しろと迫ったが、金はそれだけだ、商いの金は有効に使ってこその金、寝かせておく金は浪速屋にはない、そう茂兵衛は賊に言ったのだ。

「それで奴らは諦めて帰りましたが、あの時の恐ろしさは忘れることはできません」

茂兵衛は話し終えると、そう言って顔を顰《しか》めた。

「金箱にはいくら入っていたのだ」

「二百両です」

「地下にあった金箱は助かったと聞いたが……」

「はい。大事なお金は地下に保管しておりました。痛かったのは火を付けられたことです。大変な損害となりました」

「賊に入られる何か心当たりは……」

「それですが、これまで気付かなかったことでしたが、女房がふと、こんなことを言ったんです。廻り髪結いのお品さんは、なぜあれから訪ねてこなくなったんでしょうねって」

「………」

秀太は驚いた顔で茂兵衛を見た。

お品という髪結いなら、先日おふくの店で会っていたからだ。

「そのお品という人に、おかみさんはしゃべった覚えがあるのですか。奉公人たちが休みをとって手薄なことを」

「そのようです。何か聞かれたようなんですな、その時に、うちはこうこうだと……まさかとは思いますが」

「その話、誰かに話してみましたか」

「いいえ、女房が言い出したのが数日前のことです。一度ここにいらした工藤さまと亀井さまにお話ししてみなくては、そんな話をしていたところです」

「工藤と、亀井か……」

秀太は胸の内で笑った。失態に失態を重ねて、いまや平七郎頼みの二人である。

「秀太さん、どうか一刻も早くあの賊たちを捕まえて下さいませ。せっかく店も建て直しまして、三日後には店の中を整えますが、またあの者たちに押し込まれるのではないかと心配しています」

茂兵衛は言った。

「あら、丁度良かった。いらっしゃらなければ辰吉に持たせようと思っていたところでした」

平七郎が一文字屋の店に入ると、店の奥からおこうが声を掛けてきた。

おこうは前垂れたすき掛けで、棚に重ねてある読売の綴《つづ》りを調べていたらしい。付《ふ》箋《せん》をした綴りが足下一面に置いてあった。

「ずいぶん派手に広げたものだな」

平七郎は長火鉢の側に座ると、湯がたぎっている鉄瓶《てつびん》の前で手を擦《す》り合わせた。

「ええ、おとっつぁんの残した読売から、実際おとっつぁんが事件に関わって書いたものを選び出しているんです」

「ほう……それなら俺の親父殿も日誌に残している筈だな。何か知りたいことで不足しているものがあれば言ってくれ。何、俺も近頃親父殿の日誌を引っ張り出して、夜はもっぱら日誌を読んでいるところだ」

「ありがとうございます」

おこうは言った。だが、胸はちくりと痛んでいる。

父の業績ともいえる数多《あまた》の読売を引っ張り出して調べているのは、単に父親を偲《しの》んでというわけではない。

絵双紙問屋『永禄堂』の跡取り息子、仙太郎に促されてのことだった。

先だって店にやって来た仙太郎が、棚にある父親時代の読売の束を見付けて、

「もったいないじゃないか、こんなに貴重な読売を家の中に閉じ込めておくのは……このまま棚に積み上げたまま朽ちさせるのか」

そう言ったのだ。

あの時にはまだ、父親の遺業を世に出すなどということには決心がつかなかった。

だが、ひとつひとつ手にとって読んでいくうちに、おこうは父の築いた仕事の大きさに心を揺さぶられている。

この江戸の読売屋で、父のように裏を取り、売れゆきを二の次にして、確実な話を

載せているのは他にはない。娘であるおこうにして、一部でも多く売るために、人の関心を引くような話ばかりを載せようと考えているのである。

黒丸を書こうと思ったのだってそうだった。何枚売れるか皮算用に走ってのことだった。

おこうの胸の中では少しずつ、仙太郎のいうとおり、父親の遺業を本にしてやりたいと考えるようになっていた。

だが平七郎に、そんなふうに言われると、仙太郎との間に縁談話があるだけに、それに従うのも平七郎を裏切るようで申し訳ない、そう思うおこうである。

むろん仙太郎との縁談を承知するというのではないが……戸惑いを隠して、おこうは棚の上の片隅に寄せてあった二枚の読売を平七郎に手渡した。

「これは六年前のものですが、平七郎さまのお父上さまがまだ存命の頃のものです。御府内の商人を震《ふる》え上がらせた盗賊がいたようです……」

おこうは平七郎の手元を覗きながら言った。

――押し込み、火付けの盗賊頭、仁兵衛《にへえ》、上方へ――

と見出しにあった。

御府内で狙われた商店は三軒、いずれも賊は、押し込みに入ったあとに火を付け、その間に金を奪って逃げている。やりくちは同じだが、この年の十月、日本橋の蠟燭《ろうそく》問屋『松屋《まつ》』では女中が騒いで匕首で殺された。とうとう死人まで出た。

盗賊の頭、仁兵衛は翌日姿を消した。事件の全容は少しも分かっていない。

ただ、仁兵衛を実見した者がいて、その者の話では、仁兵衛は年の頃は四十半ば、眉間に傷がある男で、池之端で骨董屋の店を出していた。一人暮らしで、足を引きずっている赤犬と暮らしていて……。

「犬……」

平七郎は呟いて、読売から顔を上げておこうを見た。

「ええ、そうなんです。万年町ほてい屋の弥左衛門は黒犬を飼っていますが、仁兵衛は赤犬を飼っていました。犬は違いますが、この読売にある仁兵衛と弥左衛門が同一ではないかと思って……」

「実はな、おこう」

平七郎は歌之介から預かった包みを懐から出して置いた。

おこうの前で広げて見せ、黒丸が弥左衛門の使いとして使われていたのではないかと話した。

「この紙にある、七、二十、なにわ、は久松が兼吉という男に、浪速屋の前にいたのを見られた晩だ。押し込みはこの晩にあったんだ。また、おなおが見た黒丸の首輪につけていた紙には、五、十、えどやとあった。俺の調べでこのえどやというのは本所にある店だが、やはり押し込みにあっていた。五月十日の夜にな」

「じゃあ、久松さんは、そのことを知らせるために……」

「俺もそう考えている。久松は借金のために一度押し込みに加担している。だがやつらと何とか手を切りたいとあせっていた。そのあせりをやつらにうすうす知られていることも感づいていた。久松は自分の命が狙われていることを知っていたんだ。だからこんなものを残した……」

「でも、知らせれば、自分が盗賊の仲間だったことが明らかにもなる……」

「覚悟をしていたんだ。これは久松の、たったひとつ残された遺言だ。これで弥左衛門を追い詰めることができなければ、久松の死は無駄死になる」

平七郎は言った。決意が言葉の強さに表れていた。

そこに辰吉が戻って来る。

「おお、寒いや……あれから変化なし」

辰吉は平七郎に告げた。弥左衛門の店を張っていたのである。

そして秀太も、辰吉の後を追っかけるように帰って来た。

「平さん、ひとつ収穫がありました」

浪速屋の主、茂兵衛に話を聞いての帰りだった。逸《はや》る気持ちが若い秀太の頰《ほお》を赤く染めていた。

七

「おお、来たか。もうそろそろやってくる頃だと待っておった」

豆を炒《い》った香ばしい香りがする部屋で、一色弥一郎は平七郎を手招いた。

そして後ろの机から一冊の綴りを取り、平七郎の膝前にぽんと置いた。

「手数をおかけしました」

平七郎は綴りを取り上げると、付箋がしてある頁を開いた。刹那《せつな》、その目が硬直した。

そこには人相書が描かれていたが、紛れもなく弥左衛門だった。

――押し込み火付け盗賊の頭、仁兵衛――

とある。

険しい形相をした仁兵衛の眉間に、傷か皺か分からぬが、弥左衛門と同じ印があったのだ。

「六年前の火付け盗賊の頭だ。おぬしの親父殿が定町廻りだった頃の事件だ。そこにも書いてあるが、火付盗賊改も動いてはいたが、仁兵衛は厳しい御府内の調べの網をくぐりぬけて逃げたのだ」

「手下は五人……」

「そうだ、分かっているのはそれぐらいだ。平七郎、おぬし、今頃になってこの時の探索日誌を見たいというのは、何か仁兵衛のことで心当たりがあるのか」

一色が真顔で訊いてきた。豆を炒る一色とは似合わぬ厳しい顔になっている。

「念のためにお手数をおかけしましたが、一色さま、この仁兵衛という男、今深川の万年町に住んでおります」

「何、まことか……」

「この人相書に比べれば、少し歳を重ねた感はありますが、間違いありません。但《ただ》し、今は弥左衛門と名乗っています」

「なんと……」

一色は膝を打った。

「一色さまはこの夏、深川の、油問屋浪速屋が押し込みに入られて火付けされた事件をご存じですね」

「知っている。工藤と亀井が調べている」

「あの事件の頭目が、どうやら弥左衛門、つまりかつての仁兵衛だと考えています」

いやそれだけではない、五月十日に小網町の乾物問屋『江戸屋』も賊に入られて火をつけられている。

いずれも同一の賊だと考えていたのだが、この探索日誌を見て確信を持ったと平七郎は告げた。

「まったく、あの二人はそんな話は何もしていなかったぞ。いや実は、あの二人が押し込みの一味だと縄を掛けてきた男の吟味をわしはやったが何も出てこなかったのだ」

「何時のことですか」

「一昨日だが、なんの関係もない男だったよ」

一色は苦々しい顔をした。だがすぐに、

「ちょっと待て……深川の押し込みが仁兵衛だとなると」

何か思い出して立ち上がると、急いで部屋の外に出て行った。

平七郎は大きく息をつくと、部屋の中を見渡した。

いつぞやは一色はこの部屋で寝泊まりをしていた。婿養子で妻と折り合いが悪く一騒動あったのだが、今は鉄瓶の湯が心地よい音を立てていて、部屋には凜《りん》とした空気が漲《みなぎ》っている。

——一色さまも変わった……。

苦笑したところに、急ぎ足で一色が戻って来た。

「これだこれだ」

一色は呟きながら平七郎の前に座ると、

「大坂から送られてきた回状だ。大坂では仁兵衛は九兵衛《くへえ》と名乗っていたらしいが、髪結いの女に商家を探らせて押し込んでいたとあるぞ」

回状を平七郎に手渡した。

そこには一人の女髪結の人相書も添えられている。

「これは、お品だ……」

驚いて平七郎は回状を取った。

「知っているのか」

一色が聞く。

「秀太の調べでわかったことですが、今お品を追っています。実は一度会っていまして」

「さすがだな、平七郎」

一色は満足げな顔で言った。

「放ってはおけなかったのです。腕のいい桶職人だった男が殺されまして、その者には、妻も子もいました……多額の借金を背負って生きる健気な母子を見過ごすことはできません」

「そうか、おぬしらしいな。いや、そなたの親父殿もそうだった」

「一色さまにそう言っていただくと、父も草葉の陰でよろこぶことでしょう」

「平七郎、わしも豆を炒っているだけではないぞ。お前には随分と世話になっておるからな。遠慮せずになんでも言ってくれ。おお、そうだ。大事なことを忘れていた」

退出しようと立ち上がった平七郎に、手招きしてもう一度座らせると、

「実はな、水戸《みと》家から内々にお尋ねがあったのだ。一度席を設けたいとな」

「はあ」

「はあじゃないだろ、お前の出世の話だ」

「私に……」

「推薦したのだ、お前をな。水戸藩の息のかかった同心として目配りを頼むとむこう

は言っているのだ」

ああ、そういうことかと思った。

この江戸の治安を預かる町奉行所の与力も同心も、全国三百諸侯や大身旗本の意を受けて、藩士が御府内で何か事件に関わるような事態には、表沙汰にならないよう万事処理してくれという意味だ。

与力では吟味役がそういう依頼は一番多く、同心は特に定町廻りや隠密廻りなどに多い。

実際平七郎の父親も生前結構な数の藩や旗本から依頼を受け、扶持《ふち》をもらっていたし、付け届けも後を絶たなかった。

これは不正なものではなかった。ただ公然と表に出すものでもなかったが、御奉行も内々に承知していたことだった。

「しかし今は橋廻りです。お役にたてるとは思えません」

平七郎は言った。

一色は舌打ちすると、

「堅いことを申すな。お前はいずれ定町廻りに戻る。いや、なろうがなるまいが、事件解決の腕は立花平七郎をおいて他にはないと俺が太鼓判を押してきたのだ。俺の顔もある。受けてもらうぞ」

一色のごり押しに戸惑いを覚えながら、平七郎は奉行所の外に出た。

秀太が急ぎ足でやって来るのが目に留まる。

「秀太」

呼び止めると、

「平さん、お品の住処が分かりましたよ」

秀太は緊張した顔で告げた。

二人は一刻後、深川の堀川町《ほりかわちょう》の裏店に立っていた。

昼下がりで路地に人の姿はなかったが、かねてよりお品の住まいを調べていた秀太は、木戸から入って三軒目の腰高障子《こしだかしょうじ》を指した。

「大家に確かめたんですが、身元引受人は、なんと、弥左衛門になってました」

「うむ」

秀太の話を聞きながら、二人が長屋の前に立ったその時、

「あら、お品さんは出かけたよ」

がらりと隣の家の戸が開いて、中年の女が顔を突き出して言った。

「どこに行ったんだね」

秀太が聞いた。

「お風呂じゃないかしら。髪結いは身綺麗《みぎれい》にしなくっちゃ商売はつとまらないっていつも言ってますからね。でももう帰って来る頃かな」

女はどうやら誰が訪ねてきたのか知りたかっただけらしい。同心二人が立っているのを見ると、関わりは御免だとばかりに、すぐに頭を引っ込めた。

お品は、女の言うとおり程なく帰って来た。

「お品さんだったな、あんたに少し聞きたいことがある」

平七郎と秀太が、お品を出迎えると、お品は身を翻《ひるがえ》して逃げようとした。

だが秀太は、その手をむんずと摑《つか》まえた。

「なぜ逃げる。やはり逃げる理由があるのだな。聞きたいことがあるんだ」

お品は観念したようだった。自分の家に平七郎と秀太を入れた。

そして自分は板の間に正座すると、上がり框に腰掛けた平七郎と秀太に向いて座った。

「おふくの店で会った時には、まさかこんなことで会うことになろうとは思ってもみなかったが……」

平七郎はお品に浪速屋の事件を話した。

首謀者は弥左衛門ということも分かっている。店に押し込むための手はずは、お品、お前が担っていたのではないか。

正直に話してくれれば、罪が軽くなるよう尽力するなど話したが、お品は視線を下に落としたまま、ひとことも口をきかなかった。

湯上がりの、化粧っけのない女の顔が戸惑っていた。おふくの店で会った時の、あのなまめかしさは失せ、暮らしに疲れた中年の女の顔がそこにはあった。

平七郎はお品を見詰めていて思った。この乏《とぼ》しい表情からは、けっして幸せに暮らしてきたとはとてもいえないだろう。

「あんたも、手伝いたくてやっていたわけではあるまい」

そのことは、部屋を見渡しただけで分かる。独り者の女の部屋にしては、格別の調度はなかった。

部屋の隅に柄鏡《えかがみ》が置いてあるが、壁に商売用の着物が吊ってある他は、古い茶箪《ちゃだん》笥《す》が一つあるだけだ。

弥左衛門の盗みを手伝ったといっても、分け前をたんまり貰って暮らしてきたとはとても思えなかった。

「あんたの歳がいくつかは知らぬ。だが、弥左衛門のような男とつるんでいては親も案じているのではないのか」

「……親なんて」

お品は小さい声で言った。

「お品」

「親なんていません。あたしは弥左衛門に拾われた女です」

顔を上げてお品は言った。

平七郎は頷いた。さもありなんという顔でお品を見詰めた。

「大坂の、日本橋《にっぽんばし》で、女郎屋から逃げてきたあたしを助けてくれたんです。髪結いにしてくれたのもそうです。あたしにはもう、逃げるところなどありません。生きていく場所がありません」

「そうかな……お前次第で、暮らせる道は他にもある。あんたを髪結いにしたのは、弥左衛門に思惑があったからだ……あんたに押し込む家を物色させるためだ」

「…………」

お品は視線を外すと、顔を強《こわ》ばらせた。

「もう弥左衛門に恩義を感じることはない。あんたはその腕で、一人でまっとうな暮らしをするべきだ」

「あたしが一人で……」

顔を上げて平七郎を見たお品の頰に、初めて血の気が戻るのを見た。

平七郎は頷いた。そして言った。

「話してくれるね、あんたが知っているすべてを……」

お品は少し、ほんの少し間を置いたが、こくんと頷いた。

「平さん……」

秀太がほっとした顔をみせた。

八

その日の夕刻間近、平七郎はおなおの膝前に、歌之介が久松から預かったという紙切れと、それに包んであった一両を置き、時間をかけて、久松の苦哀の胸の内を伝えた。

おなおは最初、久松が押し込みに荷担していたとみられていることに衝撃を受けたようだが、命を狙われて決心をし、こうして証拠になる物を残してくれたということで、少し気持ちが楽になったと告白した。

「正直に申しますと、家を出て行った時も悪所に足を踏み込んでのことでした。橋の向こうで、また、同じような暮らしをして、自分で自分の首を絞めるようなことをしていないかと心配だったんです。なにしろ、桶職人の道具はまだ質屋に入ったままですもの、そんなあの人が金を稼げる場所と言ったら……」

おなおは言い、口をつぐんだ。

「そこでだ、俺の頼みというのは、松吉に少し手伝ってほしいことがあってな」

平七郎が改めてきりだした。

「松吉に、ですか」

おなおは驚いた顔をした。

「そうだ、松吉の他には誰もいない。あんたにとっては亭主の、松吉にとっては父親の敵をとれるかもしれんのだ」

「何をさせようとおっしゃるんですか」

「案ずることではない。危険な話ではないのだ。だが母親の、あんたには了解をもらっておいたほうがいいと思ってな」

平七郎は、つい先ほどお品から、盗賊への押し込みの連絡は、すべて黒丸がやっていたという証言をもらっている。

弥左衛門は決行の日を、黒丸の首輪に結んで手下に知らせていたのだった。

ただお品は、そこから先は知らなかった。

手下たちがどこに住んでいるのか、誰なのか、知らないと言ったのだ。

そこで平七郎は、松吉に協力してもらって、弥左衛門一家を誘い出そうと思ったのだ。

「分かりました」

おなおが承諾したところに、松吉が帰って来た。

平七郎は松吉を海辺橋の袂に誘って言った。

「いいか、まもなくむこうにクロが現れる。夕方の散歩だ。そのクロをこっちに呼んでくれ」

松吉はこくんと頷いて言った。

「おとっつぁんの敵をとれるんだね」

「そうだ、橋の向こうの鬼退治だ。クロにも手伝って貰おう」

「分かった」

松吉は言った。

まもなく黒丸が橋の向こうに見えた。

「クロ！」

松吉が大きな声で呼んだ。

黒丸は迷っているようだったが、松吉がもう一度呼ぶと、一目散に駆けてきた。

「クロ、クロ……」

松吉にじゃれつくクロの首輪に、平七郎はかねてより用意していた紙を結びつけた。

「よし、いいぞ」

平七郎の合図で、松吉がクロの背を押した。

「行け、クロ」

クロは嬉しそうに堀端を東に向かって走って行った。

背後に気配を感じて振り向くと、心配そうにおなおが立ってクロの行方を見送っていた。

「おっかさん……」

松吉がおなおに走り寄った。

おなおは松吉を抱き込むようにして平七郎に言った。

「これは、お返ししておきます」

別の紙に包んだ一両小判だと分かった。

平七郎は押し返した。

「この金は汚い金じゃない。久松は日傭取りをしていた。その金だ。歌之介が言っていたから案ずるな」

「でも……それは方便だったのかもしれません。お金に色はついてません。はっきりしないお金を貰う訳にはいきません」

「そうかな、金に色はついてなくても、久松の心は信じられるのではないのか……もともと、久松が転落の人生を送るようになったのは、あんたの病気があったからだ」

「………」

「亭主は、悪に染まっていたわけではない」

おなおは手にある一両を強く握りしめた。

「亭主の道具を質屋から引き出してくるのだ。いずれ、松吉が使うだろう。久松もそれを望んでいる筈だ」

南新堀町《みなみしんぼりちょう》に酒問屋の『堺屋《さかい》』がある。大きな酒問屋で、主に下り酒を扱っている店だ。

平七郎たちは、夜の五ツの鐘とともに、この堺屋を取り囲んだ。

総勢三十人、指揮は一色が執《と》る。一色は火事羽織、野袴《のばかま》に陣笠をかぶり、指揮十手を持って、その時が来るのを待っている。

堺屋の主には、前もって許しを得ていた。しぶしぶだったが、けっして店の中には踏み込ませないという約束を交わした。

むろん、堺屋の両隣の店にも、事の次第を話し、六ツの鐘を聞くや早々に店は閉めさせていた。

これまで弥左衛門が発した結び文には刻限が記してなかったからだが、押し込んだ時刻は、いずれも夜の四ツ前後だった。

平七郎たちは大事をとって夜の五ツには堺屋をとりまいたのだ。

まだその頃には、軒行灯《のきあんどん》の灯る道筋に人の往来はあった。だが夜も四ツになると人の影は絶えた。

寒さに震えながら待っていると、遠くで野良犬の遠吠えが聞こえてきた。

平七郎は黒丸のことを思った。

お品の話では、黒丸が足を引きずっているのは、怪我をして捨てられていたのではなかった。

捨て犬を拾って来て、弥左衛門が黒丸の足を傷つけたのだという。

以前に飼っていた赤犬は拾った時から足を怪我していた。その赤犬が弥左衛門に忠実だったのは、怪我した足を弥左衛門が手当てして治してやったからだ。

犬は恩を忘れない。弥左衛門の忠犬となって働く。黒丸にもそれを弥左衛門は求めたのだという。

「自分で怪我させて、そして手当てをしたのです。黒丸もあたしと一緒、弥左衛門さんから逃げられなかった……」

寂しそうに言ったお品の言葉は忘れられない。

そんな主に厳しく育てられた黒丸は、無邪気に、無条件に自分を迎えてくれた松吉が好きだったのだ。

「来た……」

身を潜《ひそ》めている誰かの緊張した小さな声が聞こえた。

平七郎は薄闇に目を凝らした。

凍り付いたような白い月の光の中に、一人、二人、三人、四人、そして少し遅れてもう一人が、堺屋の軒下に集まった。

「平七郎、頼むぞ」

背後から一色が囁《ささや》いた。

視線の先には五人の男たちが腰を落として頷き合っている。短い会話だったが、互いの役割を確認しているのか、いずれも黒い布で頰かむりをした男が、四方に鋭い視線を走らせて立ち上がった。

一人の覆面の男が、堺屋の大戸を叩く。

「それ！」

一色の指揮で、総勢三十人が五人を囲んだ。

仰天《ぎょうてん》している五人組に、進み出た平七郎が言った。

「誘いに乗ったな、あれは弥左衛門が発したものではない、俺がつけた結び文だ」

「な、なんだと！」

一人の覆面の男が声を上げて仲間と顔を見合わせた。

「お前たちが六年前にも、そして上方でも、同じ手口で盗みをしてきたのは明白だ。なにもかも分かっている。そればかりか、浪速屋を見張らせていた久松を殺したな」

「ちっ」

一人の覆面の男が言い放った。

「あいつは、金のないくせに、これ以上仕事はできねえと言ったんだ。仲間を抜けるとな、命をとられても仕方がねえ……そうだ、俺があの世に送ってやったのよ」

覆面の男は笑った。

「盗賊弥左衛門の一味を捕らえよ！」

一色が声を張り上げて言った。

捕り方たちが一斉に賊に向かった。それぞれの手には、寄棒《よりぼう》、刺股《さすまた》、突棒《つくぼう》がある。

じり、じりっと五人を詰めた。

だが次の瞬間、五人の盗賊たちが匕首を抜いて立ち向かって来た。

五人とも機敏だった。押したり寄せたりしながら、ようやく塀に追い詰めた時、一人の覆面の男が、突棒を切り払って逃げた。

「待て！」

平七郎は素早く小柄を引き抜くと、逃げていく男の足に投げた。

男がもんどり打って地面に転げた。

平七郎は走り寄って男の首ねっこを摑むと、肩口に木槌を打ち付けた。

「うっ」

男が苦悶《くもん》の表情をみせて睨んだ。

平七郎はその顔に言い放った。

「弥左衛門も今頃お縄になっている筈だ。年貢の納め時だな」

平七郎の脳裏には、弥左衛門に縄を掛ける秀太の姿が浮かんでいた。

九

「あら、雪が……」

おこうは船の中から手をさしのべると、落ちてくる雪を掌で受けた。白い腕がまぶしい。

「危ないぞ、乗り出すな」

平七郎は声を掛けた。

「大丈夫、へっちゃらよ」

おこうは楽しそうに今度は両手をさしのべている。

二人が乗っている船は、屋根船だった。おふくの店の持ち物である。むろん船頭は源治だった。

近頃屋根船を使って川を上り、今戸《いまど》あたりで白い渡り鳥の群れを眺める人が多く、平七郎もそれにならって船を調達したのである。

弥左衛門の事件もあらかた調べが終わっている。一味の極刑は免れまいが、お品については過怠牢《かたいろう》ときまり、今女牢にいる。

過怠牢とは、女子および十五歳未満の男子には敲《たた》きの刑が執行できない。そのかわりに、仮に敲き五十という裁断が下った時には、牢屋で五十日過ごさなければならないのだ。

お品は、弥左衛門に精神を監禁されていたと解釈され、また事件解明に協力したとして敲き過怠牢百日を言い渡されたのだった。

黒丸は松吉の犬となった。母親のおなおと肩を寄せ合って暮らすに違いない。

「おいら、十二歳になったら桶職人の修業をするんだ。親方の家に入って、おとっぁんが残してくれた鑿《のみ》を使って……平七郎さま、桶が作れるようになったら、いの一番に平七郎さまにお届けするよ」

健気なことを松吉は言ってくれたのだ。

松吉にとって海辺橋の南の町は、もう、鬼の棲む町ではない。

平七郎は、ぼんやりと事件の結末を思い出しながら、おこうの嬉しそうな横顔を見詰めていた。

二人で川遊びなど初めてのことだった。

幼い頃に、おこうの父親総兵衛がおこうを連れて役宅にやって来た時、平七郎はおこうを蛍狩りに連れていったことがあったが、あの時もおこうは無邪気にはしゃいでいた。

だが今日おこうを誘ったのは、ただの遊びで来たわけではなかった。自分の気持ちをおこうに伝え、またおこうの気持ちも聞きたいと思ったからだ。

ところが、渡り鳥の見える今戸の岸に船を繋いでも、平七郎は肝心な言葉を切り出せずにいた。

源治には一朱を渡して、今戸の河岸にある飲み屋にやった。半刻ほどで船に戻るように言いつけてある。

「平七郎さま、あの鳥、なんて名前かご存じですか」

逡巡して落ち着きのない平七郎に、おこうは振り返って言った。

おこうの姿のむこうに白い鳥の群れが見えた。

都鳥は分かっているが、それとは違った足の長い鳥がいる。

平七郎は少し体をおこうに寄せて山谷堀《さんやぼり》の河口に浮かぶ鳥を見た。

「さあ……鷺《さぎ》かな」

おこうの化粧の香りが、突然平七郎の鼻を襲ってきた。

「そうね、あれは鷺、冬鷺ね」

相槌をおこうは打ったが、おこうの声は小さかった。涙声のように思えた。

はっとして見ると、おこうがすぐ間近で見返して来た。

「…………」

平七郎は動悸を抑えるように、体をもとの場所に戻した。

それを見て、おこうが言った。

「平七郎さま、おっしゃって下さい。私を今日誘った理由です」

「おこう……」

「分かっています、私には……平七郎さまのおっしゃりたいことがなんなのか」

「…………」

「縁談があるのでしょ。私につきまとわれたら困るから、それで引導を渡したい、そう考えたんでしょ」

「おこう！」

平七郎は強い口調で言った。

「俺がおまえさんをここに誘ったのは重大な話があったからだ。確かに俺には縁談話がある。だけどおこう、おまえさんにもあるのじゃないのか」

「…………」

「だから今ここではっきりした方がいい、そう思って誘った」

「…………」

「俺から言おう。おこう、俺はおまえを愛おしいと思っている。妻にしたいとも思っている。だがお前には読売屋がある。おまえの気持ちを聞いてから俺の心を決めたいのだ」

一か八かの気持ちで言った。

おこうは驚いた顔で聞いていた。だが、

「私も……私も平七郎さまが好き」

俯いたまま小さな声で言った。

「でも」

おこうは顔を上げて、今度は平七郎をまっすぐに見た。おこうの双眸《そうぼう》には涙が膨れあがっている。

息を呑んで見詰める平七郎に、おこうは言った。

「でも、できない相談です。身分が違います」

「身分のことは心配するな」

「それに、平七郎さまも先ほどおっしゃった、私には読売屋があります」

「おこう……」

「読売屋をどうするのか、まだ私の中で決心がつかないのです」

おこうの目から、はらはらと涙が零れ出る。無理もないと思った。おこうが悩み続けてきたことは聞かずとも分かる。

「おこう……」

平七郎は膝を寄せておこうの手を握ってやった。冷たい手が震えている。その手の上に、おこうの生暖かい涙が落ちてきた。

「平七郎さま……」

おこうが平七郎の胸に体を投げて来た。

平七郎はおこうの肩を抱いた。

その視線の先に、白鷺が飛び立つのが見えた。

――よく考えればいい……。

平七郎は思った。

解　説――スケールアップしていく〝町と人〟の物語

文芸評論家　縄田《なわた》一男《かずお》

藤原緋沙子さんの〈橋廻り同心・平七郎控〉も、本書でいよいよ十巻目に突入した。第一巻の『恋椿』が祥伝社文庫から刊行されたのが、平成十六年のことだから、現在の熾烈《しれつ》を極める書下ろし文庫戦争の中、八年間で十冊というペースは、むしろ遅い方なのかもしれない。

しかしながら、藤原さんは、一語一語、選び抜かれたことばを使いながら、江戸市中において、やむなく犯罪とかかわってしまった人々の哀歓を着実な文体で綴《つづ》って来た。

藤原さんが、先日、逝去された小松左京《こまつさきょう》氏主宰の「創翔塾」出身であり、TVのシナリオライターとして「長七郎江戸日記」や「鞍馬天狗《くらまてんぐ》」といったTV時代劇の最後の良質な部分を支えていたことを考えると、二つのことを思わざるを得ない。

一つは、私は故小松左京氏がどのような指導をされていたかを知る由もないが、恐らくそれがすばらしいものであったこと――でなければSF作家の門下から時代作家が誕生することはないであろう――と、シナリオライターという観点から映像として瞼《まぶた》に浮かべながら読んでしまう、ということである。

たとえば、小津安二郎《おづやすじろう》と藤原緋沙子というお題目を記すと奇異に感じる方がおられるだろうが、私はそうは思わない。戦後の小説作品、特に「東京物語」以降の家族の崩壊を深い愛情をもって描いた小津は、決してカメラの視線を人間のそれより上に置くことがなかった。小津の視線は常に作中人物と同じところにあり、天からの俯瞰《ふかん》などという驕《おご》りは完全に封じられていた。

藤原さんの作品もこれと同じ――いや、多くの橋を見廻る平七郎の視線はそれよりももっと下、橋を見上げるように設定されているではないか。

橋廻り同心のお役目は、江戸にある百二十五の橋に関するあらゆる管理・監督であり、通常の同心が十手を持っているのに対し、こちらは、木槌を持って、橋桁や欄干、さらには床板を叩いて傷み具合を調べたりする。平七郎の父は、生前、〝大鷹〟の異名をとった名うての同心で、平七郎も〝黒鷹〟といわれた若手の有望株であったが、ある事件の責任をとって、この閑職にまわされている。

しかしながら、だからこそ平七郎には見えるのである。橋の下から人間の生活の息づく光景が、その生きることの意味が――。

そして、実は、平七郎に非がないことと知りつつ、「歩く目安箱」となってくれと特命を下した北町奉行榊原主計頭忠之《さかきばらかずえのかみただゆき》は、心の中でこういっているのではないか――その底辺からの視線で、何の権力からも守ってもらえない、力のない人々を救ってはくれまいか、と。

たとえば、本書には三つの中篇が収められており、第一話「ご落胤《らくいん》の女」は、贋者のご落胤によって運命を狂わされた女たちの哀話だが、その中で平七郎が、過去のご落胤騒動をさぐるべく、父の遺した日誌をひらいてみることになる。

すると、どうであろうか。そこには探索のことばかりではなく、「町で拾った小さな話や、どこの隠居がぼけたとか、あそこに孝行息子がいるだとか、探索に関係ないと思われることも、日誌の隅に綴《つづ》ってある」「この雑感が後に事件を調べる時に役だっているように思われる。／黒々とした墨のあとを追いながら、平七郎はまるで父親とそこに一緒にいるような錯覚に襲われていた」とある。

父は誰にいわれるともなく、「歩く目安箱」だったのである。そして、平七郎の下からの視線も不動である。

第二話「雪の橋」では、富山の薬売りの引き札を持つ男の惨死体が女敵《めがたき》討ちのからくりを暴き出し、第三話「残り鷺」には、人救けをする稀代の名犬が登場する。しかしながら御主人愛しさ故にこの名犬転じて――もうここから先を記すのはよそう。

そして、これらの作品を読んでいると、こちらもいつの間にか、江戸の地図を持ち出したり、ついつい、『江戸の橋』といった類の本をひろげてみたりしている自分に気がつく。

そうしていると、昨年、藤原さんがスタートさせた〈切り絵図屋清七〉シリーズを思い起こさずにはいられない。このシリーズは文春文庫から「ふたり静」を第一巻として現在、二巻まで刊行されているが、主人公は複雑な生い立ちから生家を離れ、絵双紙・紀の字屋に出入りして生計を立てている浪人長谷清七郎。

彼を中心として紀の字屋の面々が、「江戸にやってきたばかりの者たちは、買い物案内、名所案内を欲しがるものだ。／中にはこれから訪ねる武家屋敷が分からず、所在地を書いた物を欲しがる者もいるが、こうした要望に応じられる詳細な地図はなく、店の者が応対に手をとられて困ることもたびたびだ」という事態が生じ、遂に切絵図の製作に乗り出すという物語である。

そしてここからが肝心なところなのだが、藤原さんの創作意図は、明確な地図がないためのトラブルを防ぐことばかりでなく、主人公たちの、この地図を使う人々が、決して人生の迷い道に踏み込まないように、という思いが込められている点なのである。

このように、〈橋廻り同心・平七郎控〉をはじめとして、ここに〈切り絵図屋清七〉が加わったことで、藤原さんの作品は、江戸という町と人々の物語として、大きくスケールアップしていくのではあるまいか。このことは、第一話がはじまって間もなく、平七郎と秀太が、三十間堀の景観が変わってゆくのを見て、

「町の姿が変わりますね。もはや、昔の堀は必要ないってことですかね。寂しいじゃないですか、ここはかつて築城用の材木を製材していた場所なんでしょう」

「しかしもはや、住んでいる人間も代わっている。製材を担っていた職人などは誰一人残っていまい。見てみろ、今や右手の木挽町側には、芝居小屋、船宿、小料理屋……娯楽や食事を愉《たの》しむところになってしまっている。左の三十間堀町もしかりだ。本屋に藍玉《あいだま》問屋、薬屋に醬油《しょうゆ》屋と、昔あった木材の商いとは縁のない商店が軒《のき》をつらねているんだからな」

「残っているのは、木挽町という町の名前だけですか」

「そういうことだ。江戸の町が変わっていくのは、何もここに限ったことではないんだ。おい、感傷にふけってないで早く済ませて帰ろう。降ってくるぞ」

平七郎は天を仰《あお》ぐと、懐《ふところ》から木槌を取り出した。


と話し合う箇所を見ても明らかだ。

が、平七郎たちは決して見逃さない。江戸がどのように巨大な百万都市になろうとも、その町の片隅で、冷たい法の仕打ちに泣きながら、生きている人々のことを――。

藤原さんの筆にますます磨きがかかるのを楽しみにするばかりである。

残り鷺

一〇〇字書評

切り取り線

購買動機（新聞、雑誌名を記入するか、あるいは○をつけてください）	
□（　　　　　　　　　　　　　）	の広告を見て
□（　　　　　　　　　　　　　）	の書評を見て
□ 知人のすすめで	□ タイトルに惹かれて
□ カバーが良かったから	□ 内容が面白そうだから
□ 好きな作家だから	□ 好きな分野の本だから

・最近、最も感銘を受けた作品名をお書き下さい

・あなたのお好きな作家名をお書き下さい

・その他、ご要望がありましたらお書き下さい

住所	〒				
氏名		職業		年齢	
Eメール	※携帯には配信できません		新刊情報等のメール配信を 希望する・しない		

この本の感想を、編集部までお寄せいただけたらありがたく存じます。今後の企画の参考にさせていただきます。Eメールでも結構です。

いただいた「一〇〇字書評」は、新聞・雑誌等に紹介させていただくことがあります。その場合はお礼として特製図書カードを差し上げます。

前ページの原稿用紙に書評をお書きの上、切り取り、左記までお送り下さい。宛先の住所は不要です。

なお、ご記入いただいたお名前、ご住所等は、書評紹介の事前了解、謝礼のお届けのためだけに利用し、そのほかの目的のために利用することはありません。

〒一〇一-八七〇一
祥伝社文庫編集長　清水寿明
電話　〇三（三二六五）二〇八〇

祥伝社ホームページの「ブックレビュー」からも、書き込めます。
www.shodensha.co.jp/bookreview

祥伝社文庫

残《のこ》り鷺《さぎ》 橋廻《はしまわ》り同心《どうしん》・平七郎控《へいしちろうひかえ》

平成24年 2 月20日 初版第 1 刷発行
令和 3 年 8 月10日 第 2 刷発行

著 者 藤原《ふじわら》緋《ひ》沙《さ》子《こ》
発行者 辻 浩明
発行所 祥伝社《しょうでんしゃ》
東京都千代田区神田神保町 3-3
〒101-8701
電話 03（3265）2081（販売部）
電話 03（3265）2080（編集部）
電話 03（3265）3622（業務部）
www.shodensha.co.jp

印刷所 萩原印刷
製本所 ナショナル製本
カバーフォーマットデザイン 中原達治

Printed in Japan ©2012, Hisako Fujiwara ISBN978-4-396-33737-7 C0193

祥伝社文庫の好評既刊